이 책을 쓴 이유는 하나다.

닭의 모든 생애가 아름답기 때문이다.

닭큐멘터리

지은이 효영

좋/은/여/름

2부. 사려 깊은 닭치기

나가는 글

양
계

변
명

나는 왜 닭 책을 쓰는가

금요일 저녁, 식사를 마치고 상을 치우면 '그'의 주말 의례가 시작된다. 먼저 나무 조리대에 덧가루를 흩뿌리고, 냉장고에서 발효종을 꺼내 그 위에 조심스레 올린다. 밀가루와 물, 소금을 더해 발효종과 잘 섞이도록 반죽한다. 반죽을 통에 넣어 그대로 두었다가 30분 후 꺼내어 다섯 번 접는다. 다시 30분 쉬기 - 접어주기를 서너 번 반복한다.

이 과정에 걸리는 시간은 계절과 날씨에 따라 판이하다. 발효기와 이스트 같은 촉진제 없이 자연 발효하기 때문이다. 여름에는 저녁에 시작해도 다음날 아침이면 너끈히 빵을 구울 수 있지만, 한겨울엔 목요일 오후에는 시작해야 토요일 아침에 빵을 먹을 수 있다. 시간만 간다고 되는 문제도 아니다. 이스트 역할을 하는 천연 발효종은 냉장고에 두고 그야말로 '애지중지' 키워야 한다. 온도나 습도가 어긋났다가는 과하게 발효돼 시큼해지거나, 발효가 덜 되어 제 역할을 못한다. 그러니 그의 주말 의례는 주말만의 문제가 아니다. 일주일, 한 달, 일 년… 끈질기게 신경쓰고 지켜봐야 한다.

이 지난한 과정을 군말 없이, 아니 기쁘게 하는 사람이 내 남편 '필'이다. 필은 바지런히 몸을 움직여 직접 만들고 키우는 것을 좋아한다. 홈베이킹뿐이랴, 가구도 만들고, 술도 담그고, 집도 짓는다. 필이 처음부터 이랬던 것은 아니다. 그는 공무원으로 일하며, 조직이라는 수레바퀴를 굴리는 수많은 톱니 중 하나로서 매일을 성실하게 반복했다. 그랬던 그가 달라진 것은 우리 가족이 제주로 이주하고 나서부터다.

우리는 경기도 신도시에 살다가 10년 전 제주로 내려와 터를 잡았다. 첫 집은 임대한 단독주택이었다. 아파트에서는 꿈도 못 꾼 '실외 공간'이 주어진 것이다. 이럴 때 보통은 대파나 바질처럼 재배하기 쉬운 채소로 텃밭을 시작하기 마련 아닌가? 필은 달랐다. 그가 사온 것은 싱그러운 대파 대신 미끄덩한 지렁이 한 상자였다. 음식물 처리를 맡기고 싶다면서. 일 년 반 뒤에는 넓은 마당과 텃밭이 있는 시골집을 빌렸는데, 때마침 육아휴직에 돌입한 필은 생산력, 창조성을 폭발적으로 꽃피우기 시작했다.

아이가 쓸 책상과 의자를 직접 짜고 내 손에 꼭 맞춤한 나무 코바늘을 깎아 주었다. 지렁이에 순서를 빼앗겼지만 텃밭을 가꾸어 각종 채소를 공급했다. 이어서 천연 발효빵을 굽고, 누룩을 빚어 이화곡주를 담그고, 맥주를 만들고, 메주를 쑤어 장을 담갔다. 필 덕분에 제주 생활을 계획하며 꿈꾸었던 평화롭고 풍요로운 전원생활이 현실로 펼쳐졌다.

평화… 풍요… 필이 평화롭고 풍요롭게 메주까지만 쑤었다면 나는 이 책을 쓸 일이 없었을 것이다. 제주도, 마당 있는 집, 다정한 남편, 건강한 아이들, 자급자족 생활은 부러움이나 동경의 대상일 뿐이니까. 이 책의 기획자가 말했다. "부러움은 인스타그램에서 느낍시다. 책은 글쓴이가 고난에 빠져야 나오는 거예요. 독자는 글쓴이의 위기를 원한다고요."

위기는 금방 찾아왔다. 필은 내 입에서 "뭐라고?" 소리가 나오는 것들을 기르고 싶어 했다. 상추를 '기르고', 발효종을 '기르는' 것과는 차원이 다른 이름들을 대기 시작했다. 예를 들면… 벌? 필은 "벌을 치고 싶다"고 했다. 야산 깊숙이도 아니고 집 마당에서. 우리 둘만 사는 집이라면 모를까, 애가 자라는 집 마당에서 벌이라뇨? 대번 반대했지만 직접 딴 꿀에 대한 로망이 있었던 나는 옆눈으로 흘겨보면서도 입은 슬금슬금 웃는, 괴상야릇한 표정으로 양봉을 허락하고야 말았다.

필은 양봉에 진심이었다. 꿀을 따겠다기보다 화학 약품을 사용하지 않고 벌을 키울 수 있는지 알고 싶다는, 일종의 실험에 가까웠다. 화학 물질인 파라핀으로 만든 관행 벌통이 아니라 천연 밀랍을 이용한 벌통을 직접 만들고, 벌에게 치명적인 진드기인 응애를 퇴치하는 방법도 고안했다. 여러 모로 공부하고 정성을 쏟은 덕에 '자연을 위해 벌을 키우는 아름다운 청년'으로 TV 프로그램에 소개되기까지 이르렀다.

이후 필은 개미, 도마뱀, 각종 바다 생물에 이르기까지 다양한 생물을 키웠다. 가능하면 '알' 단계에서 시작했고 도구도 기성품을 사는 법이 없었다. 처음부터 오롯이 자기 손으로, 자신만의 방식으로 기르기를 좋아했다.

"아유, 남편 때문에 힘드시겠어요~." 날 걱정하는 소리가 들리는 것 같다. 실망시켜 미안하지만 필은 모든 일을 알아서, 사고 없이 해냈다. 도와달라거나, 저질러 놓고 뒤처리를 맡기지 않는다. 따라서 옆 사람이 골치 아플 일도 없었다. 그저 "이번엔 뭘 만드시나~" 하고 팝콘을 옆구리에 끼고 지켜보다가 떨어지는 꿀이나 얻어 먹으면 그뿐!

딱 그럴 때쯤 사건이 일어난다. 벌이 분봉°하는 시기

분봉分蜂 새 여왕벌이 태어나면 기존 여왕벌이 일벌 일부와 함께 무리를 이루어 다른 서식지를 찾아 떠나가는 것. 인간으로 치면 '분가'

를 미리 알지 못하고 내버려두는 바람에 겪었던 사소한 (앞으로 펼쳐질 일들에 비하면) 일이랄까. 창 밖에서 웅웅대는 소리가 유난히 크게 들려 슬쩍 내다봤는데, 이상하게 하늘이 컴컴했다. 영문을 알 수가 없어 창에 바싹 붙었다. 가로세로 5m쯤 되는 텃밭 하늘을 벌 떼가 까맣게 뒤덮었다. 철새 도래지에서 수천 마리의 철새 떼가 펼치는 공중 군무를 본 적 있는가? 정말 장관이다. 온몸에 전율이 인다. "와아~~~" 소리가 절로 난다. 그런데 벌의 군무는, 그냥 온몸을 굳힌다. "악!" 소리가 절로 난다. 그 침착한 필이 우왕좌왕한 것도 이때가 처음이었다.

사소한 사건 하나 더. 겨울에 숲길을 산책하다 보면 마른 나뭇가지에 거품 덩어리처럼 매달려 있는 사마귀 알집을 왕왕 만난다. 예상했겠지만 필은 사마귀를 키워보겠다며 가지째 꺾어 와서는 유리 어항에 넣어 볕이 잘 드는 거실 창가에 두었다. 새끼들이 밖으로 튀어나오지 못하게 입구는 종이로 막았다. 겨울이 한 발 물러났지만 바닷바람이 매섭게 부는 날씨였고, 사마귀는 완연한 봄이 되어야 부화할 터. 그러나 볕이 잘 드는 실내 어항 속 사마귀 알들은 '지금이 바로 그때!'라고 판단했고, 어항

입구를 막은 종이는 끝없이 밀려 나오는 사마귀 새끼들의 독립 의지를 막지 못했다. 어린 생명체란 대체로 예쁘다. 하지만 사마귀 새끼는…. 갓 부화한 그것은 투명에 가까운 연두색으로 1cm가 채 못 된다. 그런데 생김새는 성체와 똑같다. 게다가 수천 마리. 초미니 투명 사마귀가 거실 벽과 천장을 다글다글 기어다닌다고 상상해보시라. 어린 생명에게 이런 표현을 다는 게 미안하지만, '참을 수 없는 존재의 징그러움'이 몰려온다. 투명 사마귀 떼를 어떻게 처리했는지는 인도주의 아니 충도주의蟲道 主義에 다소 반하므로 말을 줄이겠다.

필의 다채로운 사육 종목 중 그를 가장 만족시킨 것은 양계, 즉 '닭'이었다. 양계란, 올림픽으로 치자면 철인 3종 경기처럼 모든 요소가 포함된 종목이었다. 알부터 시작하고, 부화에 필요한 도구를 직접 만들 수 있으며, 인간과 정서적 소통도 가능하고, 심지어 먹거리가 된다.

필이 양계를 시작한 계기는 이렇다. 세를 얻어 들어온 시골집에 닭장이 있었다. 끝! '닭장이 있었다'가 '필'을 거치면 '닭을 친다'는 결과가 나오는 필의 세계관을 바탕으로 이 책이 펼쳐지고 있음을 일러둔다. 집을 보러 왔다가 빈 닭장을 발견했을 때, 필의 머릿속에 펼쳐졌을 불꽃놀이를 나는 상상할 수 있다. 문제는 나무가 크면 그림자도 길다는 것. 양봉이 꿀 몇 병과 곤란한 상황 한두 번을 가져다 주었다면, 양계는 매일 아침 암탉들이 낳는 달걀 수보다 많은 기쁨과 슬픔, 희망과 절망, 삶과 죽음, 전능과 무력, 당연과 모순의 순간들을 데려왔다. 필뿐만 아니라 우리 가족 모두에게.

양계라는 세계에 우연히 발 하나 들여놓은 것뿐인데, 이후 우리 가족에게 밀려온 복잡미묘한 감정과 화두를 풀어놓으려 한다. 필의 '실험과 생명의 농장' 구성원 중 왜 닭이냐 물으신다면, 닭의 온 생애가 아름답기 때문이다. 많은 이들에게 닭이란 후라이드치킨 아니면 냄새나고 아둔한 존재, 또는 징그럽거나 무서운 동물일 것이다. '닭'과 '아름답다'의 매칭은 낯설지만, 닭을 알고 나면 당신도 말할지 모른다. "닭의 온 생애가 아름답다"라고.

이 책은 양계기를 빙자한 관찰기다. 각자의 취미가 서로에게 깊은 영향을 줄 수밖에 없는 나의 반려남자,

제주에서 태어난 두 아이, 후라이가 될 팔자를 고치고 병아리로 거듭난 수퍼마켓 유정란, 천수를 누리며 늙어가는 암탉, 알아듣거나 말거나 제주어를 흩뿌리며 지나가는 이웃들, 그리고 내 편인 듯 찬란한 순간들을 쏟아내다가도 일순 가혹하게 돌아서는 제주 자연까지. 우리 집 닭장을 둘러싼 존재와 풍경의 관찰기를 내놓으니 포근한 봄날, 암탉 품 속의 병아리들처럼 아무 걱정 없이 즐겨주시길.

2024년
양계인 효영 씀

1부

봄날의 닭을
좋아하세요?

달걀은 많기도 적기도 하다. 암탉이 주는 대로 감사히 여기며 오늘의 쿠키를 만들면 된다. 아이 손을 잡고 닭장으로 가는 설렘이야말로 베이킹의 필수 재료다.

야! 닭 짓는 소리 좀 안 나게 하라

까마득한 날에
하늘이 처음 열리고
어데 닭 우는 소리 들렸으랴.

— 이육사 「광야」 중에서

까마득한 날에 하늘이 처음 열리는 데 수탉이 빠질
순 없지. 아무렴. 그 어떤 까마득함도 수탉의 울음에는
눈을 번쩍 뜰 일이다. 곰이 사람을 찢는다면, 수탉은 시
간을 찢으니까.

한여름 새벽, 낮 동안 달궈졌던 땅은 밤사이 몸을 식

했다. 활짝 열어 놓은 창으로 서늘한 흙 냄새를 품은 바람이 솔솔 불어 든다. 간간이 들리던 동네 개 짖는 소리마저 잦아든 고요 속, 시골 마을은 깊은 잠에 빠져 있다. 알람이 울리려면 아직 한두 시간은 남아 있는 시각, 평화로이 물러나려던 밤의 머리채를 휘어잡는 존재, 수탉.

무고한 새벽은 찢긴 틈새를 더듬어 봉하려 하지만, 어림없다. 수탉은 멈출 생각이 없다. 마을 구석 구석, 작은 어둠의 부스러기까지 찾아낸다. 날카로운 부리 끝으로 지네를 끝끝내 쪼아 삼켜 먹듯, 어두움이 말끔히 가셔야 이 사냥은 끝이 난다. 도대체, 수탉, 너는 왜 이렇게 우는 것이냐. 게다가 하나도 아닌 둘이.

우리 집은 지금 수탉 듀오의 미라클 모닝 때문에 골치가 아프다. 수탉 듀오도 날 때부터 "나는 수탉이오끼오오오오옥!" 하고 난동을 부렸던 건 아니다. 분명 그들도 보송보송하고 노오란 봄 같은 존재였다. 종이 상자 안에서 짧은 다리로 우르르 몰려 다니고, 꾸벅꾸벅 졸고, 투명한 부리로 무엇이든 콕콕 찍어 보며 하루를 보냈다. 자기 앞에 먹이가 많아도 다른 녀석이 입에 문 먹이를 보면 꼭 그걸 빼앗겠다고 쫓고 쫓기는 난리법석도 귀엽기만 하다. 병아리들의 행동은 바라만 보아도 힐링이다. 불멍, 물멍에 버금가는 병멍이다.

봄볕이 세상을 따스하게 깨울 무렵 병아리들은 상자를 벗어나 마당으로 진출했다. 부화기에서 태어나 어른 닭에게 배우지 않았어도 발로 마당 흙을 파고, 벌레를 사냥했다. 보드라운 솜털은 날개 끝부터 힘찬 깃털로 바뀌어 갔다. 이른 아침 수평선 위에 솟아오르기 시작하는 태양처럼, 가느다란 볏이 정수리에 자리 잡았다. 청소년기에 돌입한 것이다. 청소년 병아리는 목과 다리가 삐쭉 길어지며 몸통과 비례가 영 맞질 않는다. 아직 어린 얼굴에 뻣뻣한 수염이 올라오기 시작하는 중학생 같다고나 할까?

병아리의 2차 성징은 꼬리털이다. 토끼 꼬리처럼 보송보송 동그라면 암탉, 삐죽하게 긴 깃털이 솟으면 수탉이다. 『수학의 정석』으로 「확률과 통계」를 배운 세대나 영화 『미나리』(2021)를 본 독자라면 "병아리 성별은 아기 병아리 단계에서 응꼬를 보면 알 수 있는 것 아닌가요?"라고 의문을 가질 테다. 그 수준의 감별은 전문 교육이나 다년간의 경험을 거쳐야 가능하다. 우리 가족이 '병아리 감별사 김 씨' 수준이 될 가능성은 없다. 수탉으로 변해 가는 병아리가 자기 꼬리털에 어떤 감정을 느끼는지는 알 수 없지만, 닭치기 인간의 의견을 묻는다면 즉시, 아주 분명히 답할 수 있다.

'쟤 어떡하냐…'

이 시기, 닭치기들은 긴장 모드로 전환하고 하루에도 열 번은 병아리 궁둥이를 체크한다. 삐죽 깃털은 제발 한 마리뿐이길 간절히 소망하지만, 기어코 하나, 둘 늘어날 때마다 '쟤' 어떡하냐에서 '우리' 어떡하냐가 되어 버린다.

여름에 다다른 닭은 어리숙하고 나약한 존재가 아니다. 나는 이제 녀석들을 더 이상 '병아리', '청소년' 따위로 부르지 않는다. 깃털은 촘촘해지고 몸은 초승달 모양으로 균형이 잡힌다. 쟤들, 즉 수탉 듀오도 그렇게 닭이 되었다. 그리고 기를 쓰고 울었다.

첫 울음은 하늘을 열긴커녕 어색했다. '꼭, 끼익… 오오옥?' 달콤한 새벽잠 한가운데 들리는 괴이한 소리의 정체를 한참 추리해야 했다. 이게 무슨 소리야. 설마 닭이 우는 거야?

니체가 말했다. "나를 죽일 수 없는 고통은 나를 더욱 강하게 만든다"고. 우스꽝스러운 음이탈은 수탉을 각성시켰고, 도전을 거듭한 끝에 첫 울음을 터트린 지 사흘 만에 득음을 했다. 우렁차고 날카로운 '꼬오~끼이이~오오오~~'는 폐활량을 뽐내며 길게 길~~게 이어져 제주도 서남쪽 작은 마을 가가호호를 파고들었다. 귀를 정밀 타격하는 듯한 수탉 듀오의 절창은 1절로 끝나지 않았다. 2절, 3절, 4절… 누구도 자는 척하거나 억지로 잠을 붙들고 버틸 수 없었다.

도대체 왜? 무얼 위해서?! 호기심과 책망이 뒤섞인 감정이 꾸역꾸역 일어났다. 어떤 수탉도 이 질문에 시원하게 입장을 표명한 바 없을 테니, 보풀처럼 이는 의문은 답을 얻지 못한 채 노여움으로 끝맺어지곤 했다. 대체, 왜!

어느 날 필과 닭 이야기를 하다가 또 다시 '왜?'에 도달했을 때, 우리 앞에 마침 컴퓨터가 있었다. 필은 검색창에 문장 하나를 타이핑했다.

〈수탉은 왜 우나요?〉

이런 질문을 한 사람이 있으려나? 의구심을 품으며 엔터키를 눌렀다.

〈자기 영역을 주장하기 위해 웁니다.〉

확고한 답이었다. 이 답을 쓴 사람은 어떻게 알았을까? 수탉들이 확인해 줬을 리도 없는데? 아니 그 이전에, 수탉이 자기 영역을 주장한다고? 영역? 수탉아, 너네 주인도 세입자인데 영역 주장? 누구에게?

지식인은 타협안도 가르쳐 주었다. 녀석들은 작정하고 울고 싶을 때 목을 한껏 부풀리는데, 그때 목에 고무줄을 살짝 매주면 부풀림을 막아 울지 못한다는 것. 오호라! 일리있는 처방이었으니 우리는 당장 시도했다. 허무하게도 효과가 없었다. 애꿎은 닭 목에 고무줄 씌우느라 고생만 했을 뿐이다.

수탉 듀오는 영역 주장과 함께 종족 번식을 위한 노력도 개시했다. 닭의 교미는 짧고 강렬하다. 수탉이 암탉 위에 올라타 목 아래쪽 등을 꽉 움켜쥐고 단 몇 초 동안 사랑을 나누는데, 어찌나 격정적인지 암탉의 등 깃털이 뜯겨 나갈 정도다. 보통 수탉 한 마리에 아홉에서 열다섯 마리 정도의 암탉이 적당하다고 한다. 그런데 우리 집은 암탉 네 마리에 수탉이 두 마리였으니, 암탉 등은 깃털이 뜯기다 못해 맨살이 훤히 드러날 지경이었다.

동그란 빛의 덩어리 같던 병아리가 자라나 이런 포악한 존재가 되다니. 녀석들에게 눈을 흘기게 될 줄은 꿈에도 몰랐다. 두 마리 중 더 미운 애가 있었다. 편의상 수탉1, 수탉2라고 부르겠다. 여느 야생의 세계가 그렇듯 수탉 사이에도 서열이 확실하다. 수탉1은 용맹하고 책임감이 강했다. 먹이를 주어도 달려들어 먹지 않았다. 암탉과 병아리들이 먼저 먹도록 하고 그동안 망을 본다. 가족들이 밥을 다 먹으면 그제야 식사를 시작했다. 자기를 먹이고 기르는 우리에게도 경계를 풀지 않았다. 어느 오후, 먹이를 주러 닭장에 갔을 때였다. 나는 수탉을 자극하지 않으려 노력하며 조심스레 접근했다. 어릴 적 으슥한 골목길에 서식하는 무서운 언니, 오빠라도 대하듯, 눈을 깔고 얌전히 그러면서 잽싸게 걸었다(아… 다시 생각하니 심히 굴욕적이다). 먹이를 부어 주고 재빨리 뒤돌았을 때, 푸드드득 등골이 오싹해지는 소리가 들렸다. 수탉1이 거대한 독수리 발톱을 드러낸 채 짧고 묵직한 포물선으로 날아와 나를 덮쳤다.

이것은 알프레도 히치콕의 『새』(1966)! 새 떼가 사람들을 공격해 죽이고 도시 하나를 폐허로 만드는 그 영화가 내 집 마당에서 펼쳐졌다. 그렇다. 닭도 새다. 우린 그걸 잊고 말지만. 수탉의 발톱은 내 허벅지를 깊숙이 할퀴었고, 나는 먹이통을 내던진 채 혼비백산해 집 안으로 피신했다. 이 일로 나는 수탉에게 완전히 압도되었다. 달걀을 꺼내러 가는 건 어림도 없고 밥 주러 가는 일에도 용기가 필요했다. 때맞춰 급식을 받으러 나올 것도 아니면서 밥 주는 사람에게 야박하게 구는 건 어처구니 없고 서운했지만, 저 기세로 자기 가족을 지킨다니 든든하고 기특했다.

반면 수탉2는 수탉1보다 물렁하고 덩치가 큰, 느긋한 아저씨 느낌이었는데, 하는 일이 없었다. 어울리는 소개 멘트라면 "저는 천하태평 역을 맡은 눈치 본부장입니다."쯤? 1인자 자리에 계속해서 도전장을 내미는 게 보통 수탉의 본능인데, 이 녀석은 패기가 없었다. 위험에는 몸을 사리고 불의에는 눈을 감으며 탱자탱자하는 그 자리가 천직인 모양이다. 수탉1이 만든 태평성대를 누리며 욕심 없는 동네 아저씨 캐릭터로 살았다면 그러려니 했으련만, 문제는 녀석이 암탉을 심하게 괴롭혔다는 것이다. 큰 덩치로 암탉들을 쫓아내고 먹이를 독차지하거나, 시도 때도 없이 암탉들에게 달려들어 목뒤를 움켜쥐었다. 도대체가 배려나 면목이라곤 닭 콧구멍만큼도 없는 놈!

너무 얄미웠다. 무엇보다 암탉들이 너무 큰 고통을 받고 있었다. 우리는 여러 날 고민했지만 쉽사리 결정할 수 없었다. 언젠가부터 나는 수탉2를 '놈'이라 부르고 있었지만, 녀석이 알을 박차고 나오던 날의 감격, 고심하여 좋은 이름을 지어줄 때의 설렘, 대견하고 신기했던 기억들이 사라진 건 아니었다. 녀석이 무사히 부화하기를 바라며 부화기의 온습도를 체크하고, 어미 닭 대신 달걀을 이리저리 굴리던 우리 손으로 정말, '그 일'을 할 수 있을까.

수탉2의 눈을 자꾸만 피하며 며칠이 흘렀다. 필과 나는 노트북을 켜고 검색창에 짧은 문장 하나를 타이핑했다.

〈닭 빨리 잡는 방법. 고통 없이.〉

양계 입문자를 위한 강령

수탉 듀오는 우리 손으로 처음 부화시킨 병아리 육 남매 중 두 마리다. 무작정 신기하고 소중하고 사랑스러 웠다. 모든 것이 처음이니 닥쳐올 일들 따위는 알 턱이 없었다. 우리야말로 햇병아리 닭치기였다.

여섯 녀석을 어찌나 자주 들여다보았던지 남들이 보기엔 똑같은 노란 솜뭉치겠지만, 우리는 한 마리, 한 마리를 구분할 수 있을 정도였다. 의미를 담아 이름도 지어주었다. 어린 생명이 자라나며 마주치는 모든 첫 도전 어느 하나 당연하거나 사소하지 않았다. 첫 깃털, 첫 벼슬, 첫 벌레 사냥을 응원하고 환호하는 사이, 차원이 다른 '첫'이 찾아온 것이다. 첫.수.탉….

수탉 듀오의 깃털은 힘찬 터치의 수묵화처럼 장쾌했다. 몸통에서 꽁지털까지 진갈색에서 검정으로 바뀌는 신비한 그라데이션이 펼쳐졌다. 새까만 눈동자는 결연하고, 볏은 마침내 수평선을 박차고 떠오른 태양처럼 당차게 하늘을 향했다. 목털은 벨벳보다 깊은 윤기가 흐르며, 꼬리 깃털은 폭포수처럼 풍성하게 흘러넘쳤다. 수탉이 이토록 우아하고 아름다운 존재라니, 나는 속절없이 홀리고 말았다. 하지만 수탉들은 이 경탄의 시기를 충분히 만끽할 시간을 주지 않았다.

바다를 건너서까지 쟁취한 전원생활. 층간 소음이 없는 대신 수탉 소음이 있을 줄이야. 심지어 우리 집이 가해자가 될 줄이야. 이웃들이 점잖으신 덕에 '야! 개 짖는 소리 좀 안 나게 하라' 동영상처럼 영구 박제되는 일은 모면했다. 하지만 수탉의 득음 이후로 옆집 할머니 얼굴을 마주하기가 민망해졌다. 그저 아침 밭일 시간에 맞춰 일찍 일어나신 건데 우리 닭 때문인 것만 같고, 그저 늦게 주무셔서 눈밑이 퀭하신 건데 또 우리 닭 탓인 것만 같고, 지레 찔려서 눈을 내리까는 것이다. 더 이상 이웃을 볼 면목도 없고 암탉들의 복지 상황도 최악으로 치달은 그때 우린 비로소 결단했다.

'닭 빨리 잡는 방법. 고통 없이.' 짧은 문장임에도 타이핑하는 손가락이 무겁고 더뎠다. 판도라의 상자 뚜껑을 여는 기분이랄까, 건너온 다리를 불태우는 기분이랄까. 생각은 머릿속에 가둘 수 있다. 말은 공기 중에 사라진다. 글은 옮겨 적는 순간, 고스란히 남는다. 결심을 글로 만들고 질문에 대한 답을 알게 된 이상 이전으로는 돌아갈 수 없을 듯 했다. 겨우 엔터키를 눌렀다. 주저하고 어지럽던 우리의 마음과 상반되는 예리한 대답이 나왔다.

〈칼을 최대한 날카롭게 가십시오.〉

필은 부산을 떨지 않았다. 아니 않는다. 그는 군더더기 없는 사람이며 미적거리는 법도 없다. 마음을 단단히 준비한 것에 비해 허무하리 만치 간결한 답을 확인하고는, 자리에서 일어나 칼을 하나 찾아 정답에 가장 가까운 결과를 만들어 낼 뿐이다.

스윽, 사악, 스윽, 사악. 내 집에서 처음 듣는 칼 가는 소리는 고요한 여름밤의 포를 뜨는 듯했다. 축축한 숫돌 위로 침묵이 층층이, 서늘하고 비릿하게 내려앉았다. 필은 칼을 들고 뒤꼍으로 나가면서 아무 말도 하지 않았다.

엊그제만 해도 바람결에 나부끼며 반짝이는 수탉2의 꼬리털을 넋 놓고 감상했는데… 사나운 암탉에게 쪼임 당하는 녀석을 보면서 웃음도 흘렸는데… 병아리 시절, 살살 쓰다듬다가 손바닥 위에 동그랗게 올려 놓으면, 어미 품인줄 아는지 금세 깜빡 잠들던 녀석… 녀석이 부화기 안에서 스스로 알을 깨고 나오던 과정 하나하나가 떠올랐다. 어미 품에 한 번 안겨보지도 못하고 자라난 녀석인데…. 가슴팍이 찌르르 저리고 눈동자가 뜨거워진다. 하지만 눈물을 내보일 순 없다. 녀석의 마지막 퍼덕임을 손으로 느껴야 하는 필에게 부담을 주어선 안 된다. 이 일을 모두 알고 슬픔을 주체 못하는 아이의 마음에 기름을 부어서도 안 된다.

집 안은 정념으로 가득 찬 억겁이 흐르는데, 필은 들어올 기미가 보이지 않았다. '끝났을 시간인데, 다른 일을 하고 들어오려나?' 싶어 창문으로 스을쩍 내다봤다. 필의 등이 보였다. 꼼짝 않고 벽에 기대 선 채, 닭장을 바라보는 등. 필은 아직 닭장에 들어가지 않은 듯했다. 고민할 것 없다는 듯 즉각 행동에 나선 필이지만, 정작 문 앞에 다다라서 만감이 교차한 것일까?

필은 뭍에 살 때 이보다 더 큰일을 겪었다. 구제역이 창궐했을 때였다. 공무원이던 필은 살처분 현장의 최전선에 세워졌는데, 나에게는 그 사실을 말하지 않았었다. 2년이나 지난 어느 날, 다른 대화를 하다가 문득 "네가 힘들어 할까봐 그랬어"라며 그때 일을 풀어놓았다.

그의 말이 맞다. 나는 물집을 터뜨린다거나 상처 딱지를 떼는 이야기만 들어도 목이 움츠러 드는 사람이다. 당시의 사태는 감당할 수 없는 수준이니 눈과 귀를 닫고 있었다. 내가 최선을 다해 외면하는 동안 필이 사무실 대신 성실히 출퇴근하던 곳이, 소, 돼지의 피가 땅에 스며들어 강물이 뻘겋게 물든 채 흐르는 생지옥이었다는 것을, 나는 2년이 지나서야 안 것이다.

필은 무심한 사람이 아니다. 그랬다면 지렁이도, 벌 떼도, 투명 사마귀 군단도 키울 수 없다. 필의 농장은 많은 부분 실험 정신을 동력 삼아 굴러가지만, 기저에는 생명에 대한 애정이 깔려 있다. 다만 그는 다른 존재에게 고통을 전이하거나 확대하지 않는다. 누군가를 대신하고 어떤 무리를 대표해 지옥을 다녀올 뿐이다. 후딱, 혼자서.

나는 필의 등을 조금 더 지켜보다가 시선을 거두었다. 잠시 후, 필은 다른 기색없이 안으로 들어왔다. 칼을 꼼꼼히 씻어 제자리에 돌려 두는 필. 나는 과거와 달리 지금, 필의 이야기를 듣고 싶었다.

"무슨 생각을 그렇게 오래 했어?"
"어떻게 해야 빨리 끝낼까…."

필은 혼란스럽고 시끄러운 속을 혼자 조용히, 충분한 시간을 들여 정돈하고, 해야 할 일을 했다. 한동안 사람도, 집안도 고요했다. 사건 사고로 수많은 병아리들을 떠나보냈지만 이건 전혀 결이 다른 이별이었다. 닭이 자연스럽게 살도록 내버려 두고 싶다. 자연사든 병사든 자기 몫의 삶을 살다 가게 하고 싶다. 이런 인위적인 결정은 피하고 싶다. 그렇다고 이웃과 함께 사는 마을에서 새벽마다 시끄럽게 우는 수탉을 내버려 둘 수도 없다. 기상 시간 지나서 운다든가, 데시벨을 낮춘다든가, 어떤 식으로든 수탉이 한 발만 양보해 주면 참 고맙겠지만, 그런 일은 일어나지 않는 게 자연이다.

이후로도 우리는 여러 마리의 수탉을 만났으며, 같은 고통을 겪고 같은 선택을 반복했다. 첫 수탉과의 이별 이후 아무리 닭에게 무정하려고 해도 매일 밥을 가져다주고 알을 얻어 먹는 사이엔 어쩔 수 없이 정이 쌓인다. 한 마리 한 마리 계성도 얼마나 뚜렷한지, 일개 '닭' 혹은 '닭들'이 아니다. 이 구분이 장미 정원의 수만 송이 장미와 어린 왕자가 돌보던 장미 한 송이 사이의 문제였다면 얼마나 낭만적일까마는.

그러니 양계에 흥미가 생긴 사람들에게 일러둔다. 녀

석들을 두고 서늘한 결정을 해야 할 때가 반드시 온다는 것을. 그러니 다음 강령을 따를 것.

1. 병아리는 귀엽다. 그러나 반하지 말라.

2. 수탉은 멋있다. 그러나 반하지 말라.

3. 이름을 지어주지 말라. 특히 수탉에게는 절대!

닭 인생은 닭의 것

병아리들이 6, 7개월이 넘으면 닭장 문을 열어 두어도 안심이다. 고양이나 뱀 따위로부터 자신을 지킬만큼 자랐기 때문이다. 수탉 한 마리에 암탉 세 마리. 조촐한 가족이지만 이들 덕에 시골집 정취가 제대로 난다. 닭 가족은 하루 종일 마당 구석구석을 쪼고 또 쪼며 뽈뽈 뽈뽈 몰려 다니다가 해질 무렵이면 알아서 닭장으로 들어가 횃대에 자리 잡는다. 닭은 주변이 캄캄해지면 눈이 보이지 않는다. 어두울 때 적이 접근하면 피할 수가 없으니, 본능적으로 어두워지기 전에 안전한 곳으로 피신한다. 닭들이 가장 높은 횃대에 올라가 다닥다닥 붙어 앉는 것은 바로 그 이유에서다.

그런데 언젠가부터 해가 져도 닭장 안으로 들어가지 않고 숫제 닭장 지붕 위에 쪼로니 앉기 시작했다. 노란 달 동그라미에 닭 가족의 음영이 동글동글 드리웠다. 평화롭고 윤택한 풍경이었다. 그러길 며칠, 그날은 암탉들이 아예 보이지 않았다. 수탉 혼자서 닭장 앞을 왔다 갔다 할 뿐이었다. 사고가 났을까 마음을 졸인 게 무색하게 다음날 아침, 모두 닭장에 돌아와 있었다. 암탉들의 공간 워프는 나흘쯤 계속되었고, 초보 닭치기인 우리는 문단속을 해야 할지 말아야 할지 우왕좌왕하고 있었다. "시골에서 별일이야 있겠어?" 싶었던 다섯째 날, 사방이 어둑해졌는데 한 마리도 보이지 않았다. 집 근처를 둘러보았지만 흔적도 없었다.

"이렇게 쥐도 새도 모르게 사라지다니, 누가 들고 간 거 아냐?"

농담 섞어 나눈 말은 점점 무게를 더해 갔다. 우리 동네는 제주의 흔한 게스트 하우스나 카페는커녕, 편의점 하나 없는 시골이다. 주로 어르신들만 살고 계셔서 무척 조용하다. 평화로움의 필수 조건이었던 그 조용함이 닭 가족 실종 이후로는 음산함으로 탈바꿈했다. 이웃 중 누군가가, 아니면 마을 사람들 전체가 닭 가족을 어찌어찌하고는 조용~~~~히 우리를 지켜 보고 있는 것만 같았다.

"맞다. 그 할머니…"

실종된 지 얼마 안 되어 골목 끝집 할머니가 우리 마당에 들어온 것이 합리적 의심의 단초가 되었다. 평소 지나다 마주치면 이것저것 나누어 주시던 할머니가, 그날은 웬일인지 손수 우리 집으로 파치 귤(깨지거나 흠이 나서 못 팔게 된 귤)과 양배추 한 통을 가져오셨다. 묘~~~한 말을 남기시며.

"닭들은 잘 있어?"

한 번도 물은 적 없는 닭 안부라니! 내 머릿속에서 스토리보드가 완성되었다. 장소는 마을 노인정. 어르신들이 뜨끈한 국물을 후후 불어 홀홀 잡숫는 상황. 쫄깃한 닭고기를 발라드시는 어르신 일동. 진한 국물을 들이켜는 어르신 1의 얼굴로 클로즈업.

"이것 보라게. 베낏디서 아맹 좋은 거 돈 사 먹어 봐도 이녁이 집에서 직접 지른 독꽤기영은 완전 다른 거라. 이추룩 뱉도 안 들고 날 추워 가믄 영 베지근한 게 들어가 줘사는디, 이만한 거 또 어디 이서. 이거 울어간다 날아간다 올레서부터 귀 눈이 왁왁하게 햄서라만, 이녁 냥으로 잡아드십서 알앙 들어오민 그거 그냥 보내질 거라?"

제주어 파파고를 돌려보면 이런 뜻이다.

"이것 봐봐. 바깥에서 아무리 좋은 거 돈 주고 사 먹어 봐야 집에서 키운 닭고기랑은 완전 다르지. 이렇게 해도 잘 안나고 매일 찬바람 부는 으슬으슬한 겨울날에는 뜨근한 걸 먹어 줘야 하는데 이만한 게 어디 있어. 수탉 이놈, 울어대고 퍼덕거려 그동안 동네가 시끄러웠었는데, 제 발로 찾아와 잡아잡숴~ 하니 그냥 보낼 수가 있나?"

옳지, 옳아, 잘했군, 잘했어. 주거니 받거니. 닭 가족
으로 어르신들이 신년맞이 보양 잔치를 벌이셨구나. 사
건 종결. 동네 저쪽 끝에서 가끔 들리던 희미한 꼬끼오
소리는 환청이었나 보다. 나는 그만 미련을 거두었다.
수탉이 좀 시끄러웠어야지. 입이 열 개라도 할 말이 없
었다.

그런데 며칠 후, 설을 쇠러 서울 본가에 올라가 있을
때였다. 제주에 돌아갈 날이 다 되어갈 즈음 필에게 모
르는 번호로 전화가 왔다. 자신을 어느 귤밭 주인이라고
소개했는데, 우리 집에서 상당히 떨어진 곳이었다. 그는
단도직입하며 말했다.

"닭 키우는 집이냐? 그 댁 닭들이 우리 밭에 자리를
잡고 밭을 다 파헤치고 돌아다닌 지 며칠째다. 닭 찾아
가라."

닭이 살아 있다니! 기뻤다. 아니 그런데 뭐? 남의 밭
을 파헤치고 있다고? 기뻐할 때가 아니었다. 당황하고
민망한 필은 "닭을 어서 데려가겠다"고만 하고 후다닥

전화를 끊었다. 밭 주소를 묻는 것도 잊은 채.

필은 제주에 내려오자마자 그동안 닭 울음소리가 들려오던 방향으로 무작정 나섰다. 후각이나 청각에 의존해 사냥감의 위치를 파악하고 추적하는 원시적 인간의 모습이 저랬겠구나 싶었다. 이 밭 저 밭 수색하기를 한참(귤밭 주인에게 전화를 되걸어 주소를 물었다면 간단했을 텐데 왜 이 고생을 했는지 기억이 나질 않는다), 남의 귤밭, 남의 귤나무를 횃대 삼아 동그르르 앉아 있는 닭 네 마리와 눈이 딱 마주쳤다.

어디에서 굶고 있진 않을까 걱정했던 게 무색하게 전원 토실토실하고 깃털 때깔도 좋았다. 희미하게 들려오던 닭소리는, 어쩌면 귤 파치를 파헤치며 흥얼대는 닭 가족의 노랫가락이었을까. "내 인생, 아니 내 계생은 나의 것~° 내 계생은 나의 것~ 그냥 닭에게 맡겨 주~세~

「내 인생은 나의 것」 민해경의 대표곡. '부모님은 나에게 너무도 많은 것을 원하셨어요. 가지 말라는 곳엔 가지 않았고, 하지 말라는 일은 삼가 했기에 언제나 나는 얌전하다고 칭찬받는 아이였지요. 그것이 기뻤셨나요. 내 인생은 나의 것. 그냥 나에게 맡겨 주세요'라는 가사가 당시 정서로는 파격이었다. 1983년 발표, 「가요톱텐」에서 4주 연속 1위를 했다.

요~" 정도?

우리가 죄 없는 동네 어르신들을 탓하다가, 만수무강을 빌다가, 탓하다가 빌다가를 왕복하느라 마음이 어수선한 동안, 더 멀리 찾아나서 볼까 포기할까 애가 다 타버린 동안, 녀석들은 스스로 찾아낸 새콤달콤한 행복에 젖어 있었다.

서부시대 개척자들처럼 살던 곳을 박차고 떠나 새 터를 차지한 닭 가족. 용감한 시도였지만 녀석들을 역마차에 태워 집으로 데려올 송환 작전을 개시했다. 닭 가족의 좌표를 파악한 필은 일단 집으로 돌아와 전투 태세를 갖추었다. 겨울 점퍼를 벗어 버리고 가벼운 복장에 낚시 뜰채를 챙겨들고 귤밭으로 향했다.

인간이 동물을 쫓아 잡아야 하는 상황에서는 대체로 인간이 절대적 열세다. 닭을 잡을 때도 그렇다. 닭은 생각보다 빠르다. 비슷한 처지인 펭귄처럼 뒤뚱뒤뚱 어설플 것 같지만, 작정만 하면 고양이도 따돌릴 만큼 빠르다. 심지어 녀석들은, 우리도 장본인도 왕왕 잊고 살지만, 날개가 있다! 아무리 퇴화했다고 해도 야트막한 집 지붕쯤 가뿐히 날아오를 수 있단 말이다.

이 상황의 가장 큰 난관은 지형지물이었다. '닭 쫓던 개 지붕 쳐다본다'는 속담 때문인지 닭이 도망 간다면 허공의 지붕 정도로 상상하는데, 이곳은 귤밭, 귤나무가 빼곡한 과수원이다. 귤나무는 귤을 쉽게 수확할 수 있도록 나지막하게 키운다. 귤을 다 따낸 2월에도 초록 잎이 무성하다. 키가 작은 닭은 귤나무 사이로 마음껏 질주할 수 있지만, 필은 그렇지 않다. 무성한 귤나무 잎에 시야가 완벽히 차단되니 허리와 무릎을 엉거주춤 구부린 채로 달릴 수밖에 없다. 그게 '달리다'는 동사에 맞는 행위인지는 모르겠지만 여하튼 그렇다.

추격, 시—작! 사방으로 흩어져 달리는 닭 가족과 필의 거리는 과수원을 몇 바퀴나 돌아도 좁혀지지 않았다. 필에게는 고난도 장애물 달리기였고, 닭들에게는 거칠 것 없는 자유 레이스! 낚시 뜰채는 빽빽한 귤나무 가지에 걸리기 일쑤. 허리와 무릎을 구부려 궁둥이를 뒤로 빼고 그야말로 닭처럼 뒤뚱뒤뚱 추격하다가 그나마 닭과 가까워지면 닭을 향해 낚시 뜰채를 냅다 던지기. 모양 빠지지만 유일한 카드였다.

싸늘한 겨울, 격렬한 추격전을 펼쳤지만 아무것도, 아니 아무 닭도 건지지 못한 필의 등에서 미지근한 김이 모락모락 피어올랐다. 쫓아오니 뛰었을 뿐인 닭 가족은 "오랜만에 유산소 좀 했더니 노곤노곤 하구먼." 하며 향긋한 귤나무 가지에 모여 앉아 단잠에 빠졌겠지. 뜻밖의 코믹 추격전을 관전한 귤밭 주인은 한밤중 이불 속에서 큭큭거리며 웃었을 테고.

둘째 날 레이스도 똑같았다. 필의 장딴지와 허리에 근육통이 더해졌을 뿐. 하지만 필의 세계에 포기란 없다. 필은 작전을 바꿨다. "한 닭만 팬다!" 필은 암탉 한 마리만 집요하게 쫓기로 했다. 타깃이 된 암탉은, 적당히를 모르고 쫓아오는 인간에 당황한 듯 날개를 퍼덕여 돌담 위로 올라가더니 담을 따라 내달렸다. 그러다 갑자기 돌담이 낮아지고 탁 트인 밭으로 연결되었다. 암탉은 돌담을 훌쩍 넘어 옆 밭으로 탈주했다. 이웃 밭은 아무것도 없는 겨울 밭! 그 말은, 귤나무나 어떤 작물의 방해도 없이 필과 닭이 같은 조건으로 레이스를 하게 된다는 뜻. 바로 여기다. 여기가 승부처다!

암탉은 몸을 숨길 곳이 사라지자 갈팡질팡하기 시작했다. 바둑 판세를 장악하고 있다가 이세돌이 둔 예상치 못한 돌 하나에 에러가 난 알파고 형국. 필의 의식은 또렷했다. 내내 등만 보이고 있던 승리의 여신이 필에게 살짝 몸을 돌리는 찰나, 필은 몸을 날려 뜰채를 뻗었다. 뜰채 안에는 이미 대국이 끝난 것을 알아차리지 못한 암탉이 버퍼링을 일으키고 있었다. 푸드덕 푸드덕.

암탉을 안고 귀환한 필의 등에서 기쁨과 안도의 열기가 모락모락 피어올랐다. 그렇게 첫 번째 암탉이 탄생지이자 주소지로 고이 돌아왔고 둘째, 셋째, 넷째도 차례차례 송환되었다. 모두 첫째와 똑같은 과정을 거쳐 황량한 겨울 밭에서 우왕좌왕하다가 잡혔다.

여하튼, 닭 가족은 무슨 일이 있었냐는 듯 태연스레 빡빡대며 닭장 안을 오가고 있다. 모든 것이 제자리를 찾았다. 그것은 세상에서 제일 아름다운 풍경이지만 이상하게 마냥 기쁠 수 만은 없었다. 남의 집 돌담 밖으로 자란 호박 한 개도 그냥 가져가는 법이 없는 마을 어르신들에게 혐의를 두었던 겸연쩍은 마음이 우리 집 마당 위에 떠돌고 있었다. 골목 끝 집 할머니가 오가다 그걸 볼 것만 같은 불안함. 그리고 우리 손바닥 위에서 알 껍질을 깨고, 살뜰한 보살핌으로 자라나 일가를 이룬 최초의 닭 가족이 더 이상 품 안의 닭이 아닌 것 같은 묘한 서운함.

내가 먹이를 주지 않으면, 우리가 보호해 주지 않으면 당연히 죽을 거라 여겼는데, 사실 그렇지 않다면? 닭 가족이 우리에게 의존하지 않기로 결정한 것이라면? 새로운 삶을 찾아나선 자들의 발목을 우리가 잡은 것이라면? 사춘기를 맞이한 자녀가 방문을 걸어 잠그거나, 독립해 타지로 떠나거나, 자기만의 가족을 이루어 울타리를 떠날 때 부모 마음이 이런 것일까?

인간의 심정이야 어떻든 닭 가족은 안전하고 익숙한 것을 던져 버리고 새로운 길을 선택했다. 풍족한 닭장을 벗어나, 마당 밖으로 나가, 까만 돌담 위를 한 줄로 조로록 달려, 난생 처음 보는 황금빛 귤밭으로 러시해, 수많은 귤나무 중 하나를 골라 새 집으로 삼았다. 해프닝으로 끝났지만 녀석들의 짧았던 모험이 한 편의 서부 개척 시대 영화처럼 그려졌다. 세간살이를 마차 하나에 욱여넣고 새 땅과 황금을 찾아 질주하는 한 가족. 고난과 위험을, 애써 당도한 곳에 무엇이 있을지 모른다는 막막함을 짓누르고 뜻을 모아 달리는 가족, 멋있다!

부화기에서 태어난 생명에게 노지에서 맞이한 바닷바람과 귤향기는 얼마나 눈부신 발견이었을까. 나 혼자 두근거리는 이야기를 지어내는 동안 닭들은 가득 부어둔 밥을 발로 팍팍 헤치며 쪼아 먹는다. "뭣도 모르는 소리하는군"이라는 듯.

평화를 되찾은 마을은 나긋한 소리로 가득찬다.
구구구구~

수탉의 기원 Origin of rooster

새벽 5시. 차 다니는 소리조차 없는 조용한 시골 마을, 꼬끼요오오오 소리가 마을을 할퀴면 필은 벌떡 일어나 밖으로 튀어 나간다. 같이 살 수밖에 없다면 수탉의 쓰임을 '알람'으로 지정하고, 상쾌하게 일어나 출근하는… 게 아니다. 조금 뒤면 수탉의 "꺽, 꽥." 하는 짧은 비명이 들리고 이내 조용해 질 것이며, 필은 아무 일도 없었다는 듯 다시 이부자리를 파고들 것이다.

얼마 전부터 필은 새벽 의식을 막 시작한 수탉을 횟대에서 끌어 내려 창고에 가둔다. 같이 살기 위해 고안한 나름의 타협이다. 동서양을 막론하고 닭 울음은 신성한 것으로 여겼고 많은 신화에서 세상의 시작, 천지의 개벽을 뜻했다. 또 해시계, 물시계와 함께 3대 자연의 시계로서 제 역할을 톡톡히 했다. 유전자에 새겨진 대로, 매일 아침 천지를 개벽하는 소명을 수행하려던 '시간의 사제' 수탉! 그러나 암탉과 병아리들이 보는 앞에서 볼썽사나운 꼴로 연행되니, 분하고 쪽팔려서 "꼬꺼어~어억" 하고 숨 넘어가게 운다. 옥타브는 한층 높아졌지만 창고 안에서 울면 소리가 한결 멀어지고 덕분에 우리(와 이웃들)는 새벽잠에 다시 빠져들 수 있다.

손만 뻗으면 닿는 알람을 끄는 일도 귀찮은데, 달콤한 아침잠을 빼앗기고 새벽 바람을 맞으며 닭장까지 가서, 푸더덕대는 수탉을 잡는 일은 매일 할 짓이 못 된다. 하지만 닭장과 담을 맞대고 있는 이웃을 생각해서 필은 벌떡 일어난다. 한 달 넘게 새벽마다 수탉을 만난 필은 차라리 저녁에 처리하기로 했다. 저녁 식사를 마치면 "다녀올 시간이네." 하고 담담히 일어서는 필. 사방이 캄캄하여 아무것도 볼 수 없는 수탉은 필의 발소리를 들으며 자신의 운명을 얌전히 받아들인 듯 단말마도 없이 유배지로 떠났다.

창고 안 케이지에서 원통한 밤을 보내다 아침에 해방을 맞이한 수탉의 꼴은 가엾기 그지없다. 케이지를 열자마자 튀어나온 수탉은 두 날개를 몸통보다 아래로 축 늘어뜨린 채 되똥거리며 닭장을 향해 잽싸게 달려간다. 이때는 폭포수 같은 꼬리털이며 웅장한 목 깃털도 거추장스러울 뿐이다. 평소 마당에 나오면 신이 나서 여기저기 휘돌아다니느라 바쁘지만, 귀환 길에는 평소 쪼아대기 좋아하는 마당 흙바닥도 안중에 없다. 자로 그은 듯 최단거리 직선 코스로 닭장을 향해 돌진. 아무 일도 겪지 않은 가족들에게 섞여 지난 밤의 서러움을 희석하고 싶은 마음일까?

닭장에 들어가서는 꼭 어린 암탉 하나를 잡고 화풀이를 해댄다. '오리진'이라는 녀석인데, 늘 이 녀석만 쪼아댄다. 억울한 오리진은 도망다니고, 닭장 안이 난리법석이다. 북새통에 예민해진 다른 암탉들은 차마 서열 1위 수탉에게 짜증은 못 내고 또 오리진을 쥐잡듯이 잡는다.

오리진은 닭장의 북이 되었다. 오리진은, 계족보를 따지자면 정통 산란계 출신이다. 지난 봄 암탉 한 마리가 갑자기 달걀을 품기 시작했다. 당시 닭장엔 수탉 없이 암탉 세 자매만 살고 있었으니 달걀은 모두 무정란이었다. 아무리 품어도 병아리가 나올 리 없다. 모처럼의 알 품기가 허사로 돌아갈 판이니 급한대로 친구네 닭장에서 유정란 몇 개를 얻어와 암탉의 품 안에 넣어 주었다. 그 유정란의 엄마는 '마켓 오리진'이라는 친환경 슈퍼마켓에서 팔던 유정란에서 탄생한 암탉(오리진 1세)이었고, 오리진 1세가 낳은 달걀을 우리 집 닭이 품어 부화한 게 오리진이다. 즉, 오리진은 2세다.

마트 달걀은 대부분 알을 잘 낳도록 개량된 '산란계'들의 작품이었으니 장성한 오리진이 낳은 달걀 역시 크고 실했다. 그것도 매일매일 낳았다. 역시 프로다! 그런데 우리 집 아이의 생각은 달랐다.

"엄마, 오리진이 낳은 게 아니야. 알 낳는 방에는 얼룩이가 맨날 가 있지, 오리진은 거기에서 본 적이 없어."

"어, 그렇구나." 나는 건성으로 답했다. 오리진을 제외한 암탉들은 모두 토종닭인데, 토종닭의 알은 확연히 작고 색깔도 청색이나 분홍빛을 띤다. 흔히 달걀이라고 생각하는 색깔이 아니다. 이렇게 커다란 살구빛 알은 마트에서나 볼 수 있다. 게다가 토종닭은 기온이 조금만 높거나 낮아도 알을 낳지 않는다. 한겨울에 커다란 달걀을 매일 낳는 것은 산란계인 오리진이 아니면 할 수 없는 일이다.

병아리 시절 형제들이 사고로 죽어 오리진은 외동으로 자랐다. 암탉들은 오리진에게 한순간도 호의적이지 않았다. 가까이 오지 못하게 하는 것은 예사, 먹이를 먹고 있으면 쪼아서 내쫓는 지경이었지만, 오리진은 구박 속에서도 잘 자랐다. 중닭 시절에 이미 제 어미만큼 커졌지만, 어미 배 밑에 머리를 들이밀며 살아남았다. 오리진은 아이보리와 갈색 털이 섞여 있다. 보통 닭이지만, 다른 닭들이 모두 토종닭인 오계(머리부터 발끝까지 검은색인 닭)여서 이국적으로 보인다. 오리진이 천덕꾸러기가 된 건 겉모습 때문일까? 인간도 일단 겉모습이 자신과 다르면 경계하는 법이니까.

큰 덩치에 맞지 않게 구박 덩어리, 순둥이인데 알까

지 꼬박꼬박 낳으니, 나는 오리진에게 한층 마음이 쓰였다. 알아들을 리 없는 암탉들에게 "같은 암탉끼리 왜 그래, 너네~" 정도 소극적인 핀잔을 줄 뿐이지만.

수탉의 저녁 유배가 일상이 되자, 우리의 양계 라이프는 한결 우아해졌다. 새벽에 수탉이 울기 시작하면 나는, 아버지의 화가 폭발하는 것도 모르고 한없이 나대는 동생을 보듯, 혼자 조마조마했다. 동생 녀석이 스스로 눈치를 볼 리가 없지! 그러다가 아버지, 즉 필의 인내가 한계를 찍으면 수탉의 계생도 끝을 봐야 했다. 나는 분위기를 파악하고 수탉과 눈 맞춤을 피하며, 슬슬 마음을 정리하곤 했다.

웃기도 뭐하고 울기에는 애매한 시트콤 같은 순간들이 영 껄끄러웠는데, 이렇게 적당한 선에서 타협을 하니, 비록 수탉의 동의는 없었지만 마음이 편해졌다. 수탉을 매일 잡아 넣는 일이 귀찮아도 닭과, 그리고 이웃과의 공존을 위해서 이 정도쯤이야. 오리진을 사정없이 쪼아대는 것이 얄미웠지만, 기본적으로 가장 역할을 잘 해내는 우리 수탉을 마음 편히 감상하는 나날이 평화롭게 이어졌다. 그러던 어느 날 아침, 필과 나는 비몽사몽 결에 같은 생각을 했다.

'어젯밤에 수탉을 안 넣었던가?'

그날따라 수탉의 울음이 한층 또렷했기 때문이다. 창고에 가보니 수탉은 어김없이 케이지에서 처량한 밤을 보냈다. 케이지 문을 열자 수탉은 곧장 닭장으로 달려갔고, 닭장에 들어서자마자 오리진을 쪼기 시작했고, 암탉들은 화가 났고, 닭장은 난리가 났다. 일상(?)적인 풍경을 뒤로 하고 닭장 문을 닫으니, 아침에 일었던 잠깐의 의문도 사라졌다. 그리고 다음날 아침, 우리는 똑같은 말을 나눴다.

"어젯밤에 수탉, 넣어… 뒀지?"
"소리가 어제부터 좀 크네. 뭔가 다른 것 같기도 해."

전날처럼 수탉이 창고에 있는지 확인한 후, 닭장으로 간 우리는 동시에 얼어붙고 말았다. 오리진이, 커다란 살구빛 달걀을 낳아 주던 오리진이, 같은 암탉들에게 구박

받던 우리 오리진이… 목청껏 우지짖고 있었다. 암탉이 울다니…????? 아니 아니. 오리진이 수탉이라니… 오리진이 수탉이라니이이이!

양계력이 5년쯤 되니 병아리 암수 구별은 이제 일도 아니었다. 오리진의 짧은 꼬리털은 틀림없는 암탉의 증표였다. 그렇게 알고 마음을 내주었건만, 이름도 지어주었건만, 이 녀석은 우리를 안심시켜 두고 대장 수탉이 창고에 갇혀 있는 틈을 타 마음껏 기상 나팔을 불었던 것이다.

밤새 갇혀 있다가 닭장으로 돌아온 수탉은 뻔뻔하게 영역을 주장하고 있는 가소로운 오리진을 마주치고 얼마나 부아가 치밀었을까. 서열 낮은 수컷이 주제도 모르고 자꾸 치근덕대니 암탉들은 얼마나 거슬렸을까. 이제 와 보니 오리진에게는 암탉 전용 엉덩이 솜털, 즉 알을 품기 위한 풍풍한 쿠션이 없었다. 암탉이라고 한번 믿어버리니 디테일을 놓치고 말았다. 오리진이 거짓말을 한 것도, 배신을 한 것도 아니지만, 여하튼 생태계 교란종에 속은 기분이 든 건 어쩔 수 없었다.

그날 저녁부터 수탉의 유배 길에 동무가 생겼다. 좋은 벗과 함께일 때 시간이 가장 빨리 흐른다고 했던가. 두 마리 수탉이 좁은 케이지에서 함께 하는 밤이 어땠을지 모를 일이지만, 다음 날 아침 수탉들의 해방 순간은 진풍경이었다. 오리진과 수탉이 서로 꽁지를 맞댄 채 케이지 밖으로 얼굴을 내밀며 어서 꺼내달라고 재촉하고 있었다. 수컷끼리의 첫날밤이 여간 뻘쭘했는지 서로 등을, 아니 꽁지를 지고 밤을 새웠나 보다. 오리진은 좁은 케이지에서 쪼그리고 있느라 다리가 저렸는지, 제대로 걷지 못하고 퍼덕퍼덕 날아서 닭장을 향했다. 대장 수탉도 자로 잰 듯하던 직선 주행은 온데간데 없고 휘청휘청하는 꼴이 가관이었다.

　두 수탉의 슬랩스틱에 피식 터져 나왔던 웃음의 끝맛은 씁쓸하다. 오리진에게는 창고 유배 길도, 동성 간의 어색한 밤도, 닭장 귀환 길도 몇 번 남지 않았다. 오랜만에 이름을 얻은 수탉이 먼 길을 떠나야 할 때가, 녀석의 생애를 안쓰러워하던 마음도, 괜스리 분했던 마음도 거두어야 할 때가 분명히 올 것이다.

병아리는 그런 것이 아니다

봄에 태어나 11월이 되어서야 첫 달걀을 낳기 시작한 암탉 세 자매. 이듬해 봄 그중 한 마리가 알을 품기 시작했다(모든 암탉이 알을 품는 것은 아니다). 마른 풀더미에 스물한 개의 알이 모이자 그 위에 배를 깔고 웅크려 앉았다.

이 암탉은 부화기 속 전구의 온기로 세상에 태어났다. 어미 닭이 해야 할 바를 배운 적 없고, 어미 품의 따뜻함을 누려본 적도 없다. 그러나 알을 품는 데 있어서 조금의 어리숙함도 보이지 않았다. 언제 알을 품어야 할지, 품기로 결심했으면 그때부터 무얼 해야 할지 정확히 알고 있었다.

　암탉은 알 품기를 시작하면 더 이상 알을 낳지 않는다. 알 낳기 뿐이랴, 다른 그 무엇도 하지 않는다. 오롯이 알을 품는다. 가끔씩 몸을 살짝 일으켜 발로 달걀을 굴리거나 안쪽과 바깥쪽 달걀 위치를 서로 바꾸는 것이 움직임의 전부다.

　밥도 물도 먹지 않는다. 우리 집 닭들이 가장 좋아하는 밥은 남은 음식물이다. 음식물 통 손잡이를 딸깍거리는 소리만으로도 기쁨의 날갯짓을 푸드덕 푸룩푸룩하며 순식간에 모여든다. 하지만 알 품는 닭은 아무리 진수성찬이 차려져도 입도 아니 부리도 대지 않는다. 안쓰러워서 물그릇을 부리 밑에 놓아 주면 한두 번 찍어 먹고는 곧바로 본업으로 돌아간다. 몸뿐만 아니라 생각도 멈춘 듯 초점 잃은 눈빛은 한없이 깊다. 그 눈은 많은 것을 말하고 있는 것 같기도, 아무 말 하지 않는 것 같기도 하다. '나는 어미로서 이 모든 고통을 감내하고 새끼를 탄생시킬 것이야.' 비장한 듯 보이다가, '나도 내가 왜 이러는지 몰라. 저절로 이럴 뿐이야.' 자연의 섭리를 따르는 듯 보이다가, '알짱거리지 말고 꺼져, 인간!' 성가셔 보이다가.

한번은 부리가 닿는 곳에 먹이를 놓아 준 적이 있다. 배가 고프긴 했는지 암탉은 먹이를 콕콕 쪼아 먹었다. 내 자식이 밥 한 그릇을 뚝딱 해치운 것처럼 마음이 뿌듯했는데, 이내 밖으로 나오더니 요란한 날갯짓과 함께 묽은 똥을 "뿌악!" 하고 내뿜었다. 오랫동안 장운동을 하지 않아 그런지 냄새가 지독했다. 어미 닭은 알을 품는 동안 필요할 때만 자리에서 일어난다. '필요한 때'는 닭이 정한다. 인간의 개입은 아무리 선의라 해도 소화불량을 일으킬 뿐이다.

'어미 닭이 알을 품어 21일이 지나면 병아리가 태어난다.' 양계 가이드 속 서술은 자연스럽고 덤덤하다. 그러나 '어미 닭이 알을 품어'를 '직접 만든 부화기에 달걀을 넣어'로 바꾸면 이는 결코 당연한 얘기가 아니다. 부화기에서 병아리가 태어나기까지 스물 하루는 '지나면'이라는 세 글자에 담기엔 너무 다사다난하다.

닭치기는 스물 하루 내내 온도, 습도, 환기를 신경 써야 한다. 마치 작은 세상에 빛과 비와 바람을 내리는 조물주가 된 기분이다. 부화기 내부 온도는 딱 어미 품만큼 따뜻해야 한다. 그리고 온기가 달걀 모든 면에 고루 닿도록 달걀을 하나하나 굴려 줘야 한다. 밤낮을 가리지 않고 한 시간에 한 번씩, 14일 동안 날짜를 잘 세어 가며 굴리다가 예정일 일주일 전에 멈춘다. 그때부터는 반대로 달걀이 움직이지 않도록 조심해야 한다. 알 속의 병아리는 부화가 다가오면 껍질 깨기 좋은 자세를 잡는데, 이를 바깥에서 건드리면 위험하기 때문이다.

껍질을 깨기 하루 전쯤이면 달걀 안에서 "삑, 삑" 소리가 들린다. 첫 울음이다. 그저 '들린다'라고 하기엔 너무나 신비한 경험이다. 상상해보자. 출산일이 임박했을 때 인간의 태아가 자궁 안에서 응애응애 첫 울음을 터트리고, 엄마 몸 밖에서 그 소리를 들을 수 있다면 어떨지.

병아리의 첫 울음은 마치 귀에 대고 우는 것처럼 힘차고 또렷하다. 기특하고 신기하고 귀엽고, 그리고 애가 탄다. 병아리가 아무리 껍질 안에서 "삐약! 이제 나갈게요." 외쳐도 "꼬꼬~ 우리 아가, 건강히 나오렴." 하고 답해 줄 엄마가, 부화기에는 없다.

달걀 안에서 신호를 보낸 병아리는 부리로 껍질을 콕 찍어 구멍을 하나 낸다. 대부분 하늘을 바라보는 쪽 껍질을 깨기 시작한다. 바닥 쪽 껍질에 첫 부리를 댄 병아리는 끝내 알에서 나오지 못하기도 한다. 조그맣게 부서진 껍질 조각이 아직 달걀에 매달린 채 규칙적으로 들썩인다. 달걀 안에서 껍질 조각에 작은 부리를 맞댄 채 쌕쌕 숨을 고르는 작은 생명이 고스란히 느껴진다.

첫 깨뜨림이 얼마나 힘겨웠는지, 한참을 숨만 쉬다가 힘이 생기면 첫 구멍 바로 옆을 부리로 콕콕 쫀다. 다시 숨을 고르고, 그 옆으로 콕콕, 또 숨을 고른다. 달걀의 3분의 2쯤이 갈라질 때까지 병아리는 멈추지 않는다. 충분한 길이의 균열을 만들고 나면 또 다시 한동안 힘을 충전한다. 기운이 단단하게 모인 바로 그 순간, 지체 없이 동그랗게 말고 있던 목과 다리를 단박에 쫙 펼친다. 운이 좋으면 한 번에 껍질을 완전히 벌리고 병아리는 드디어 세상 공기를 맛본다. 활력 넘치는 병아리는 첫 깨뜨림부터 알에서 완전히 나오기까지 6시간 정도가 걸리는데, 열 시간, 길게는 하루 넘게 걸리는 경우도 있다.

부화기 안에서 이 과정이 너무 길어지면 문제가 생긴다. 달걀 겉껍질 안에는 속껍질이 있다. 삶은 달걀에 비닐처럼 붙어 있는 바로 그것이다. 속껍질은 달걀 내부의 수분을 지키는 역할을 한다. 그러나 병아리가 겉껍질을 깨기 시작해 부화기 안의 고온 건조한 공기와 만나면 이야기가 달라진다. 속껍질이 마르면서 딱딱하고 질겨지기 때문이다. 마른 속껍질은 병아리 부리 힘으로는 찢을 수 없다. 병아리가 나오기 전에 속껍질이 말라 붙으면, 병아리는 끝내 부화하지 못한다.

속껍질이 문제를 일으킬 조짐이 보이면 인간이 도와야 할 때도 있다. 병아리는 껍질을 깨는 사이사이 천천히 숨을 고르며 제 시간을 갖는다. 그동안 달걀 껍질에 연결되어 있는 핏줄이 서서히 피부로 스며든다. 핀셋으로 천천히 또각, 또각, 엄마 부리에 빙의해 껍질을 깨보지만, 병아리와 속도를 맞추기는 쉽지 않다. 아무리 조심하려고 노력해도 핏줄이 손상되면 이 역시 도리가 없다.

어미 닭이 품는다고 해서 '그들은 행복하게 살았습니다'로 귀결되지는 않는다. 어미 닭은 알을 품다가 어느 정도 병아리가 부화하면, 아직 부화하지 않은 알을 더 이상 품지 않는다. 태어난 병아리를 돌봐야 하는 시점이 되면, 미련 없이 육아 쪽으로 기어를 변경한다.

때맞게 세상에 나온 병아리는 엄마 품속에서 기운을 차린다. 털이 보송보송하게 마르고 다리에 힘이 생기면 엄마 주변에서 흙을 콕콕 쪼아대며 바삐 돌아다닌다. 어미는 넓은 품을 둥그렇게 땅에 붙이고 앉는다. 그러면 병아리들이 잘 놀다가도 위험하다 싶을 때 어미 품속으로 순식간에 달려들어 발끝 하나 보이지 않는다. 그 많은 병아리가 대번에 엄마에게 달려가 고요하게 숨고, 어미 닭은 아무 일 없었다는 듯 눈만 꿈뻑꿈뻑거린다. 병아리가 처음부터 없었던 것만 같다. 그러나 곧, 햇병아리들은 바깥 세상이 궁금해 견딜 수 없다는 듯 튀어나와 종종종 돌아다닌다.

이렇게 안온하기 그지없는 풍경 속에도 비극은 있다. 병아리 한 마리가 어미 닭과 조금 떨어진 곳에 앉아 있다. 다른 병아리들은 그 녀석을 아무렇지 않게 밟고 다닌다. 삐약삐약 큰 소리를 낼 뿐, 꼼짝 못하는 병아리. 자세히 보니 다리가 제대로 펴지지 않은 녀석이다. 병아리는 어미 닭을 보며 힘을 쥐어짜 "삐약삐약" 울었지만, 어미 닭은 움직이지 않는다. 건강한 병아리들에게 품을 내줄 뿐이다. 이리저리 치이는 모습이 가여워서 따로 자리를 마련해 주었건만 다리를 온전히 펴지 못한 생명은 이내 다른 세상으로 떠났다.

어미는 떠나는 병아리에게 작별 인사조차 건네지 않는다. 아직 부화하지 않은 알을 떨치고 일어날 때처럼, 그저 당연해 보였다. 어미 닭에게 "정말 아무렇지도 않나요? 혹시 T세요?"라고 묻고 싶을 때가 있다. 어미 닭에게 심경을 밝힐 여유가 있다면 헛된 질문을 해대는 인간 따위 사정없이 쪼아 버리겠지.

부화기에서 태어난 병아리들에겐 포근한 엄마 품이 없으니, 서로 몸을 비벼 온기를 나눈다. 한번은 병아리한 마리가 온도 유지를 위해 상자 안에 넣어 둔 전구 옆을 파고들다가 사고를 당했다. 전구와 벽 사이 좁은 틈에서 몸을 데우다가 빠져나오지 못한 듯했다. 양계 가이드에 나오지도 않는 각종 사고로 많은 병아리를 잃었다. 물그릇에 빠져 익사한 일, 난방기 열기에 갓난 병아리를 모두 잃은 일, 부화한 병아리 수가 적어 나눌 체온이 부족했던 일, 신선한 햇볕을 쬐어 준다며 병아리 장을 밭에 두었다가 뱀에게 떼죽음 당했던 일, 고양이에게 먹힌 일, 고양이에게 당한 일, 고양이가 습격한 일…. 그렇다. 병아리에게 제일 가까운 위협은 고양이였다.

고양이 시야 안에 병아리가 들어왔다면 틀림없이 변고가 일어난다. 무려 스물다섯 마리의 병아리가 부화한 때였다. 병아리들이 스스로 체온을 유지할 수 있을 때까지 전구를 넣은 종이 상자 안에서 키웠다. 병아리들이 자라자 더 이상 집 안에 둘 수 없을 만큼 시끄러워 어쩔 수 없이 창고로 옮겼다. 창고는 거실 외벽에 붙어 있었는데, 큰 창이 있어서 병아리를 보거나 소리를 들을 수 있었다.

그날따라 병아리들이 유난히 시끄럽게 삐약댔다. '병아리들이 큰 소리를 내네.' 생각하면서도 집안일에 분주

할 뿐이었다. 그러다 가슴이 덜컥 내려앉아 창고로 뛰어갔다. 늦었다. 고양이가 빼꼼히 열린 창고 문을 비집고 들어왔던 것. 유난히 활발하던 병아리, 튼실하던 병아리, 레몬알 같던 병아리… 열 마리나 사라졌다. 상자 안을 훑는 고양이의 눈동자에 노란색이 가득 차오르는 장면이 그려졌다. 어느 놈부터 먹을지 얼마나 황홀한 고민을 했을까. 분하고 황망했지만 부주의했던 나를 책망할 수밖에.

고양이가 소리없는 자객이라면, 보란듯이 학살을 자행하는 폭군도 있었다. 출근길에 마당을 지나던 필은 닭장에서 소란스런 소리를 들었다. 지체 없이 들어가 보니 아수라장이었다. 족제비였다. 뻔뻔한 족제비는 사람이 와도 사냥을 멈추지 않았다. 좁은 닭장 안에서 도망갈 곳 없는 닭들은 속수무책으로 당했다. 병아리는 말할 것도 없었다. 필은 닭장 안으로 들어가 문을 닫고 족제비를 잡으려 했지만 녀석은 순식간에 사라졌다. 신출귀몰. 닭장 상황은 처참했다. 살아남은 병아리는 어미 배 아래 숨어 있던 단 한 마리. 큰 상처를 입은 어미 닭은 목을 잘 가누지 못했다. 둘을 집 안으로 옮겨 보살폈다. 병아리는 활기를 되찾았지만 어미는 자꾸만 눈을 감는 게 영 불안했다. 얼마 못 가 어미는 영영 눈을 감았다. 며칠 뒤 병아리도 엄마 뒤를 따랐다.

병아리를 잡아 먹어야 살 수 있는 고양이와 족제비의 사정을 머리로는 안다. 그렇다고 아무렇지 않은 것은 아니다. 어미 닭도, 우리도 최선을 다했지만 병아리를 정말 많이 잃었다. 병아리가 떠날 때는 사람도 집도 무거워진다. 작은 것들의 죽음은 큰 슬픔과 죄책감을 남긴다.

어떤 밤에는 거실을 보다가, 병아리 영혼이 유령이 되어 나타나는 상상을 한 적이 있다. 어미 품에서 튀어나오듯 어딘가에서 퐁퐁퐁퐁 셀 수 없이 튀어나온 노란 병아리 유령이 어둑한 거실을 환하게 채운다. 유령이라고 해도 조금도 무섭지 않을, 그 보드랍고 무해한 것들의 영혼이 말이다.

순환의 동그라미

　　동네에 집채만 한 음식물 쓰레기 처리기가 설치되었다. 티머니 카드를 리더기에 넣으면 덮개가 웅장한 소리를 내며 열린다. 음식물 쓰레기를 넣으면 음성으로 요금을 알려 준다. 결제가 끝나면 뚜껑이 도로 닫힌다. 카드를 잊지 말고 뽑아 가라는 친절한 안내와 함께.

　　모든 절차를 지켜보며 나는 '이렇게까지? 굳이?'라고 생각했다. 대학 다닐 때, 학교 앞 복사 가게에서 복사한 종이를 권별로 분류하는 것도 모자라 스테이플러까지 딱딱 찍어 마무리하는 자동 복사기를 마주했던 날도 그랬다. 스테이플러쯤 인간이 찍어도 되잖아! 고작 음식물을 버리는데 이렇게 고도의 기술이 필요한 거야? 게다가 기계 뒤로 펼쳐진 제주 돌담과 흙 밭 풍경이 너무나도 이질적이다. 고층 아파트 단지 '클린 하우스'에 자리했으면 딱 맞을 도회적 존재가 이곳에 들어앉은 풍경은 아방가르드의 극치, 설치미술이라 해도 믿을 것이다.

우리 시골 마을 집들은 크고 작은 땅을 서로 맞대고 있다. 파, 배추, 무, 고추, 상추 같은 채소들이 한겨울까지 흙 밭을 가득 채운다. 흙은 요술 상자 같아서 알맞은 때가 되면 씨앗을 움트게 하고 식물을 길러내는 것은 물론이고, 유기물을 소화해 천천히 영양분으로 바꾼다. 흙은 시작이자 끝맺음이 되어 순환의 동그라미를 완성한다. 마을 어르신들은 그 동그라미 위에서 한 평생을 산다. 음식물 쓰레기 처리기 같은 뉴 테크놀로지는 동그라미에 편입될 수 없다. 음식물 찌꺼기를 싸들고 티머니 카드를 챙겨 주황색 기계를 찾아가는 일은 요원하나, 천연 음식물 쓰레기 처리기인 '흙'은 늘 곁에 있어 왔다.

더 효과적인 방법은 사람과 흙 사이에 동물이 들어가는 것이다. 그러면 동그라미의 회전 속도는 한결 빨라진다. 시골에서 가장 일반적인 동물은 개다. 할머니 할아버지가 사는 집 치고 개 없는 집이 없고, 할머니 할아버지집에 사는 개들은 대체로 인간이 남긴 음식물을 먹는다. 자연스러움을 주창하지만 우리도 도시물이 덜 빠졌는지 남은 음식을 개에게 주는 것은 영 께름칙했다. 그런고로 우리 집에도 개가 있지만 동그라미 멤버로는 탈락, 다른 타자로 지렁이를 찾았다.

지렁이 통에 음식물 쓰레기를 넣으면 하루 아침에 건강한 흙으로 바뀐다. 하지만 지렁이에게 다른 생명체와 나누는 교감을 기대할 수는 없었다. 지렁이와 아이컨택을 할 수는 없는 노릇. 교감은커녕 지렁이 통을 열 때마다 미끄덩한 지렁이 수십 마리가 동족끼리 교감하는 광경은 솔직히 부담스러웠다.

지렁이와 작별을 고할 수 있게 해준 것이 닭이었다. 우리는 주로 토종닭을 키웠다. 토종닭은 개량된 육계나 산란계에 비하면 성장 속도가 무척 느리다. 태어난 지 3주 만에 크기가 뻥튀기 되거나(공장제 닭고기는 부화한 지 3~4주면 출하된다), 어린 닭이 인위적으로 조숙해 알을 쑥

쑥 낳는 것은 원하지 않았다. 우리 닭들은 천천히, 필의 사워도우 브레드처럼 자연의 속도로 자랐다.

3주는커녕 석 달이 되어서도 아직 병아리 티가 났다. 천천히 자란다고 해서 먹이를 적게 먹는 건 아니다. 많이 먹고 쑥쑥 자라지는 않으니, 양계 농가라면 곤란하겠지만 우리 집에서는 아니다. 잔반을 병아리들이 싹싹 먹어주니, 음식물을 버릴 때 들던 죄책감도 싹싹 가셨다.

병아리들이 가장 좋아하는 음식은 밥알이나 면, 빵이다(역시 탄수화물 최고). 말라빠진 빵 조각이 굴러다니면 이제 쓰레기로 보이지 않는다. 우리 병아리들이 제일 좋아하는 음식이니 내 눈에도 반갑고 귀하다. 외식할 때는 잔반 그릇을 들고 다니고, 가끔 다른 테이블에서 남긴 음식에도 눈이 가는, 이상한 식탐이 생겼다. 지인들과 식사를 하고 음식이 남으면 민망함을 무릅쓰고 "좀 싸가겠습니다." 말하는 용기야 말할 것도 없다. 내 새끼들 입에 들어간다는데 그쯤이야.

열심히 먹고 만들어 낸 똥도 쓸모가 있다. 닭장 바닥

에는 제재소에서 가져온 톱밥을 까는데, 병아리 똥이 톱밥과 섞이면 비가 와도 질척이지 않고 냄새도 안 난다. 똥+톱밥은 고스란히 퇴비가 된다. 새 톱밥으로 바꾸는 날에는 향긋한 나무 냄새에 병아리도 인간도 상쾌해진다. 먹이를 먹어 치우고 똥을 싸는 것만으로도 이 동물, 닭을 많이 좋아하게 되었다.

그렇게 흙에서 흙으로 순환하는 동그라미가 완성되었다. 우리는 '팀 병아리'와 조화로운 협동과 연대를 이루며 시간을 보냈고 병아리들은 자연스레 닭으로 자랐다. 그리고 곧, 동그라미에서 가장 사랑스러운 점을 담당해 주었다.

암탉은 건드리지 마라

필이 빵을 굽는다면, 나는 쿠키를 굽는다. 정교함과 실험정신, 인내가 필요한 빵과 달리 버터, 밀가루, 설탕을 팍팍 비벼 뚝뚝 떼어 굽는 쿠키는 내 적성에 딱이다. 요즘 나에게 쿠키 만들기가 정말 행복해지는 지점은 간편함도 아니요, 맛도 아니요, 바로 '달걀 가지러 가기'에 있다.

대부분 쿠키에는 달걀이 빠지지 않는데, 냉장고가 아니라 닭장에서 오늘 낳은 달걀을 꺼내는 맛! 양계인만이 누릴 수 있는 짜릿한 특권이다. 달걀은 많기도 적기도 하다. 암탉이 주는 대로 감사히 여기며 레시피를 조정해

오늘의 쿠키를 만들면 된다. "쿠키 구울까?" 하고는 아이 손을 잡고 닭장으로 가는 설렘이야말로 베이킹의 필수 재료다.

우리 집 첫 달걀, 초란°은 5월에 태어난 병아리가 11월 말이 되어 낳은 달걀이었다. 암탉들은 어둡고 높은 곳에 알 낳기를 좋아한다. 천적에게서 알을 보호하기 위해서다. 이제 겨우 닭의 모양새를 갖춘 어린 녀석들이 알을 낳을 거라 예상치 못한 우리는 미처 산란장을 챙기지 못했다. 우리도 처음, 암탉도 처음이었다. 암탉은 어영부영 흙바닥에 연분홍색 알을 살포시 낳았고, 우리는 손가락 두 마디 남짓했던 조그만 알을 경이롭게 바라보았다. 그리고 이내 암탉이 안쓰러워졌다. 가르쳐 줄 어른 닭도 없는데 갑자기 자기 몸에 일어난 변화가 무섭지는 않았을까. 제대로 된 산란장이 아니라서 불안하지 않았을까. 알이 나올 때 아프진 않았을까. 내가 모르는 세계, 뜻을 전할 수 없는 존재의 그것은 마냥 아득했다.

초란 어미 닭이 처음으로 낳은 계란. 닭이 알을 낳을수록 알 크기가 커지고 색깔이 옅어지며 껍데기는 얇아진다.

'암탉이 알을 낳는다'는 것은 상식이자 자연의 이치. 하지만 내 손으로 부화시켜 먹이고 키운 닭이 알을 낳는다면, 다른 이야기가 된다. 무정란일지언정 내 닭의 첫 알을 먹는다는 게 불경스럽다고 느낄 정도다. 어쨌든, 첫 달걀은 후라이를 해 먹었다. 후라이팬을 정성껏 달군 후, 한가운데 조심히 깨 놓았던 첫 후라이. 야무지게 샛노란 동그라미와 절대 흐트러지지 않던 흰자가 만들어 낸 완벽한 첫 후라이가 아직도 선하다.

아기 주먹에 쏙 들어갈 정도로 작았던 초란보다 다소 커지긴 했지만, 다음에 낳은 달걀도 여전히 밥 한 그릇 비벼 먹기 아쉬운 크기다. 하지만 후라이팬에 깨뜨릴 때마다 노른자를 중심으로 응축된 쫀쫀함에 탄사가 절로 나온다. 노른자는 어찌나 샛노란지 물을 풀어 달걀찜을 해도 여전히 샛노랗다. 무엇보다 고소함이 끝내준다. 갓 낳아 따뜻한 알을 먹는다는 각별한 기분이 한몫한 것일까?

우리 집 어린이가 좋아하는 반찬 1순위는 달걀 후라이다. 젖을 떼고 세상 음식을 먹기 시작했을 때부터 집 달걀을 먹고 자랐다. 디저트로 후라이를 해 먹을 정도다. 어쩌다 집 달걀이 떨어져 마트에서 사다가 해주면 "이거 마트 달걀이지?" 하고 단박에 알아차린다.

대부분 조류가 그렇듯 닭도 수컷은 화려하고 암컷은 수수하다. 암탉의 몸가짐, 아니 털가짐은 유독 단아하다. 깃털도 풍성한 수탉과 달리 숏커트 헤어스타일처럼 몸에 착 달라붙는다. 몸을 탄탄하게 덮은 깃털 덕에 목에서 배, 꼬리로 이어지는 몸통은 초승달처럼 날렵하다. 엉덩이의 보송보송한 솜털은 암탉미美의 정점. 솜털의 역할은 단 하나, 달걀을 품는 것. 엄마 역할의 필수템일진데, 보기에도 어찌나 탐스러운지. 거기에 성격까지 온화하니 암탉이 어째서 개나 고양이처럼 반려동물로 자리 잡지 못하는지 도무지 납득이 안 된다. 양계인이 되기 전의 나라면 닭이 반려동물이 될 수 없는 이유를 십수 개 떠올릴 수 있겠지만, 어떤 존재에게 반하면 이렇게 눈이 멀어 버린다.

남은 음식을 처리해 주고 똥만 싸도 고마운 암탉이 달걀까지 준다. "암탉, 당신은 진짜~!" 나는 탄성을 자주 내뱉는다. 그러면서 '씨암탉을 잡다'라는 표현의 무게를 생각한다. 씨암탉을 준다는 건 다 준다는 뜻이다. 요즘은 "소고기 사 주는 사람을 주의하라. 순수한 선의는 돼지고기까지다"라는데, 당신에게 씨암탉을 잡아 준다는 사람이 있다면 한번쯤 경계할 것을 권한다.

씨암탉뿐이랴, 달걀도 고유한 상징성을 갖는다.

"가게에서 달걀을 전혀 구경할 수 없다는 게 힘들었지만, 그것도 임기응변으로 해결했다."

2차 세계대전 중 영국 상황을 그린 책°에서 발견한 탁월한 구절이다. 당시 엄격한 식량 배급제를 겪는 사람들의 곤란을 이렇게 표현했다. 그렇다면 전쟁 중 취할 수 있는 임기응변이란 무엇이었을까?

"그들은 마당에서 암탉을 길렀다."

전쟁-죽음-암탉-삶. 절묘한 조응이다. 752쪽이나 되는 책에서 민초의 먹거리 사정을 묘사한 두 문장. 그

『폭격기의 달이 뜨면』(에릭 라슨 저, 이경남 역, 생각의힘, 2021)

것을 달걀과 닭이 채운다. 시커먼 폐허 속 인간을 먹여 살린 새하얀 암탉이라니, 가히 성스러운 풍경이다. 수고는 닭이 했는데 왜 내 어깨가 으쓱하는지 알 수 없는 일이다.

닭하면 빼놓을 수 없는 시인이 있다. 바로 김수영이다. 김수영은 '되잖은 원고 벌이'를 하며 살 바에야 차라리 닭을 키우기로 한다.° 그 시절의 양계는 얼마나 고되었을까. 위생이 열악하니 걸핏하면 전염병이 돌아 떼죽음이요, 어렵게 구한 사료는 도둑맞아, 되는 일이 없다. 돈 벌려고 시작한 양계지만 수지는 한번도 맞지를 않고, "사람은 굶어도 닭은 굶길 수 없다"며 결국 돈을 융통하러 나선다. 양계를 '저주받은 사람의 직업'이라 토로하던 시인은, 노오란 병아리들의 평화로운 한때를 시간 가는 줄 모르고 지켜보다가 주억거린다.

"병아리는 희망이다."

신은 친구가 필요한 사람에게 개를 보낸다고 한다.

『디 에센셜 김수영』(김수영 저, 민음사, 2021) 중 「양계 변명」

그렇다면 닭은? 희망이 간절한 곳에 보내는 것 아닐까. 너그럽고 평화롭고 자애로운 존재, 무엇보다 사람의 삶이 땅에서 너무 멀어지지 않도록 붙들어 주는 흙의 정령. 나에게 평생을 함께 할 동물을 단 하나만 정하라면 주저 않고 '암탉'이다. 그토록 많은 죽음에 지지 않고 작은 희망을 가꾸는 방법을 가르쳐 준 존재.

체코의 작가 카렐 차페크는 독재자가 되는 상상을 하며, 무섭게 번식하는 산딸기 덤불을 울타리 근처에 심어 이웃 정원을 망가뜨리는 자에게는 오른손을 자르는 형벌을 내리는 등 수천 가지 규칙을 만들겠다고 했다.° 나에게 독재자로 살 수 있는 하루가 생긴다면 딱 한 가지 법률을 제정할 테다. '일 가정 일 암탉 키우기.' 많은 사람이 그럴 수 없다며 격렬한 저항을 하겠지만, 잠시만 암탉과 가까이에 살아 보면 곧 생각이 바뀔 걸 안다. 얼마나 소중한 존재인지를 깨닫는 데는 그리 긴 시간이 걸리지 않을 테니.

『정원을 가꾸는 사람의 열두 달』(카렐 차페크Karel Capek 저, 김선형 역, 민음사, 2023) 마침 우리 집도 지난 봄 새끼 손가락만 한 산딸기 한 뿌리를 돌담 옆에 심었는데, 올해 무섭게 퍼지는 기세에 떨고 있다. 가드닝에 진심이었던 카렐 차페크의 꼭지가 돌 만하다!

2부

사려 깊은
닭치기

인간에게 휘둘려 살아가지만, 닭 나름대로 자신에게 맞는 역할과 자리를 꾸준히 선택하며 산다. 엄마가 되는 암탉도, 리더가 되는 암탉도 모두 좋다.

폭풍 속으로

인간도 닭에게 폐를 끼치고 사과를 하는 일이 왕왕 있다. 예를 들면, 달걀 통 문을 열어 제꼈는데 마침 알을 낳고 있는 암탉과 눈이 마주칠 때. 화장실 문을 벌컥 열었다가 안에 있는 사람과 마주칠 때의 기분, 딱 그것이다. 확 민망해져서 "아! 미안!" 하고 황급히 내뺀다.

이럴 때는 아무리 달걀이 필요해도 빈손으로 돌아온다. 암탉에게는 매일 반복하는 일과 중 하나지만, 나름 출산 중이니 편안한 시간을 주고 싶다. 최근에는 얼룩무늬 암탉에게 같은 일로 여러 번 사과를 했다. 얼른 피하는 나와 달리 필은 뭐가 궁금한지 가만히 눈을 맞추고

서 있다. 얼룩이는 "구루루룩~~" 소리를 내며 마치 고양이처럼 목덜미부터 등까지 털을 바짝 세운다. 지켜야 할 소중한 것이 있다는 뜻이다. 그저 알을 낳고 자리를 뜨는 게 아니라, 품겠다는 것. 얼룩이가 처음으로 엄마가 되기로 마음먹었다.

닭장에는 닭이 열 한 마리나 살고 있어 닭발 디딜 틈도 없다. 매정하지만 어쩔 수 없이 얼룩이가 알을 품지 못하도록 달걀 통 밖으로 내보내고 알을 치웠다. 몇 번이나 반복했는데 소용이 없다. 알을 품기로 결심한 암탉은 무슨 수로든 알을 품고야 만다. 한 농가에서는 암탉이 인간에게 알을 계속 빼앗기자 날개 밑에 알을 숨기고 다니더라는 일화가 전래될 정도다.

얼룩이는 기어코 자리를 잡았다. 산란장도 아닌 하필이면 달걀 통에서 말이다. 안 그래도 비좁고 컴컴한 이곳은 바람이 잘 통하지 않았다. 때마침 한여름이라 숨이 턱턱 막힐 지경인데, 다른 암탉들까지 알을 낳으러 매일같이 들락거렸다. 그런 모습을 보면 '본능'이란 도대체 무얼까 생각하게 된다. 어떤 계획이나 목표를 세워서도 아니고, 누군가에게 배운 적도 없다. 어떤 소리가 알을 품으라고 했니? 어떤 소리가 그곳에 자리 잡으라고 했니? 녀석들의 속내를 읽을 수 있다면 얼마나 좋을까.

얼룩이가 그러기를 사나흘 되었을까. 바로 옆에 까만 암탉이 비집고 앉았다. 굳이 거기 끼어들어 알을 낳을 건 뭐람. "적당히 낳고 나와~" 하고 녀석의 엉덩이를 콕콕 찔렀다. 대충 털고 나올 줄 알았는데 성질을 버럭내며 털을 세운다. "너만 하냐? 나도 한다." 까망이도 엄마가 되겠다는 뜻을 분명히 전했다.

두 암탉의 본능 앞에 인간이 할 수 있는 건, 알 품는 공간을 하나 더 마련해 주는 것. 급히 종이 상자를 가져와 까망이와 알을 옮겼다. "왜 내가 옮겨야 하냐!"며 난동을 부릴까 조마조마했는데, 고맙게도 까망이는 새 공간을 받아들였다. 달걀이 익어 버릴 듯 뜨거운 한여름, 두 암탉은 식음을 전폐한 채 알을 품었다.

스물 하루가 지나고, 마침내 달걀 통 안에서 삑삑 소리가 들렸다. 얼룩이 배 밑을 들춰보니, 털이 마른 까만 병아리와 아직 덜 마른 노란 병아리가 한 마리씩 보였다. 이틀 후엔 까망이 배 밑에서도 까만 병아리 한 마리와 노란 병아리 한 마리를 찾았다. 둘이 똑같이 까망이 하나, 노랑이 하나의 엄마가 되었다.

엄마가 지키는 병아리는 걱정이 없다. 아무리 대장 수탉이라 할지라도 새끼들 근처에 얼쩡거렸다가는 어미에게 호되게 쪼이고 줄행랑을 친다. 어미 한 마리에 병아리가 두 마리씩만 있으니, 병아리들은 엄마 품을 차지하려고 형제자매를 밀어낼 필요도 없다. 넉넉한 엄마 품 안에서 '세상이란 여유롭고 평화로운 것'이라 배우며, 여름과 함께 자란다.

태풍도 태평양에서 무럭무럭 몸집을 불리고 있다는 소식이 들려왔다. 제주까지 오려면 일주일도 더 남았지만, 사람들은 진작부터 긴장이다. 일본 오키나와에서는 사람뿐 아니라 집까지 날아갔다고 한다. 뉴스에서 설레발을 치던 태풍이 얌전히 지나간 적이 여러 번인 터라 '설마' 싶기도 하지만, 결코 마음을 놓을 수 없다. 우리가 사는 곳은 제주섬, 그것도 남쪽, 문자 그대로 질풍노도의 태풍을 정통으로 맞이하는 땅 아닌가.

아니나 다를까, 저녁이 되니 바람이 사나워졌다. 화분, 자전거 따위 날아갈 법한 물건들은 모두 안으로 들여놓고 문과 창문을 꼭꼭 걸어 잠갔다. 사방이 어둑해지자 매서운 바람이 뒷마당 나무들을 몸살나게 흔들고 있었다. 초록빛 귤을 주렁주렁 매달고 있는 귤나무는 든든했다. 땅속에서 승천하려다 허리께가 붙들려 그대로 굳어버린 용처럼 구불구불 거대한 기둥과 뿌리. 오랜 세월 집을 지켜 온 장승 같다고나 할까? 기둥이 그렇게 두꺼워지기까지 긴 세월, 척박한 제주 땅에 살며 어떤 움직임으로 바람을 겪어내야 하는지 잘 알고 있을 터.

하지만 지난 봄에 심어 아직 기둥도 얇고 뿌리도 얕은 앵두, 자두, 복숭아, 무화과 나무가 걱정이었다. 아이와 필은 일찌감치 잠들었고, 나는 책을 펼쳐 들고 있었다. 하지만 바깥에 선 녀석들 걱정에 시선이 글의 뜻을 잡아채지 못하고 미끄러져 내릴 뿐이었다. 그때였다.

"삐삐一"

"삐삑!"

"삑! 삑!"

고작 열흘 된 병아리 울음 소리가 하늘을 뒤흔드는 바람 소리와 단단히 잠근 문을 뚫고 들어왔다.

저녁이 되면 다른 닭들은 횃대에 퍼드득 날아올라 자리를 잡고, 두 어미는 나란히 달걀 통으로 들어간다. 병아리들도 따라 올라가 엄마 품에 폭 안긴다. 하지만 얼마 못 가 이대로 잠들기 아쉬운 녀석들이 탈출을 한다. 문제는 나가는 건 쉬워도 들어가는 건 병아리 맘대로 할 수 없다는 사실. 달걀 통은 지면에서 1미터 높이쯤 달려 있다. 한 놈이 대책 없이 닭장 바닥에 굴러떨어져 다시 올라가지 못하고 삐약댄다. 구조 신호를 보내는 녀석의 "삐약"은 전혀 보드랍지도 귀엽지도 않다.

'말에 뼈가 있다'는 속담이 있는데, 이건 소리 안에 뼈가 있다. 날카롭고 집요하게 귀를 찌른다. 그렇게 제 새끼가 악을 질러도 한번 잠든 어미는 꿈쩍하지 않는다. 한때 유행했던 '프랑스식 교육법'과 비슷하다. 울어도 소용없어. 아무도 네 일을 대신해 주지 않아. 어떻게든 스스로 해내렴.

보통은 어미 닭의 참 교육을 두고 볼 수 없는, 귀에서 피가 날 지경인 인간이 나선다. 그럴 때마다 닭장으로 달려가 병아리를 잡는데, 요 작은 게 얼마나 재빠른지 잡아채기가 고역이다. 낮은 닭장 지붕 아래 구부정한 채 추격하다 보면 목과 허리가 지끈거린다. 너를 도우러 왔다고 간곡히 말해도 병아리가 알아줄 리 없다. 삐약삐약 소리는 또 얼마나 지르는지! 그러다 겨우 낚아채 달걀 통 어미 품에 쏙 넣어 주면, 세상의 모든 소리가 사라진 듯, 일순 고요해진다.

해결 과정이 눈 앞에 선히 그려지지만 나는 망설였다. 못 들은 척 했다. 강풍에 이미 출입구를 단단히 걸어 잠근 터였다. "귀찮아서군. 가여운 병아리를 어서 구해 줘!" 당신은 말하겠지만, 제주에서 태풍 속으로 들어가는 일은 생명을 담보로 한다. 머리를 절레절레 털며 애써 책으로 눈을 돌렸지만 글자 대신 스물네 마리의 병아리가 아른거렸다. 4년 전, 태풍 속에 휘말렸던 그 아이들.

 그때도 우리 집엔 여지없이 암탉과 병아리 들이 살고 있었다. 처음이자 마지막으로 시판 부화기를 사용한 덕에 병아리가 스물네 마리나 태어났다. 아직 알도 낳아보지 않은 아가씨 암탉들이 난데없이 나타난 병아리 떼를 동생으로 받아들일 리 없었다. 암탉이 병아리들을 괴롭히지 못하도록 공간을 나눠야 했다.

 필이 창고를 뒤져 오래된 찬장 하나를 찾아 왔다. 키 160cm, 폭 100cm쯤 되었고, 전체 틀은 하얀 알루미늄이었다. 여닫이가 달린 장이 무릎 높이까지, 그 위로 층이 네 개 있었다. 칸마다 미닫이 문이 두 짝씩 달려 있었는데, 알루미늄 틀에 젖빛 유리를 끼워 고풍스러웠다. 가장 마음에 들었던 건 찬장 안 벽면이었다. 선명한 노란색 바탕에 빨강, 주황색의 대담한 꽃무늬 벽지가 얇은 합판에 붙어 있었다. 옛날 중국집 짜장면 냄새가 나는 것 같기도, 간드러진 트로트 가락이 들려오는 것 같기도 했다. 요즘 유행한다는 '뉴트로'가 이런 느낌?

힙한 찬장은 닭 아파트가 되었다. 필은 층을 나누는 합판 바닥을 뚫어 비탈길을 내고, 혹시 알을 낳을지도 모를 언니들을 위해 꼭대기 층에는 부드러운 담요를 깔았다. 자기들끼리 합의를 했는지, 자연스레 1층에 병아리가, 2~4층은 언니 닭들이 입주했다. 겁을 상실한 병아리가 위층에 진입했다가 언니들에게 호되게 쪼이기도 했지만, 나름 평화가 이어졌다. 노랑 주황 빨강 화려한 색깔을 배경 삼아, 까만 암탉들이 빨간 벼슬을 흔들며 층을 오르내리고, 아래층에서 노란 병아리들이 저들끼리 우르르 몰려 다니는 풍경은 한 편의 홍콩영화 소란극처럼 유쾌하고 정겨웠다.

문제는 바닥이었다. 쓰임새도 괜찮고 외관은 더할 나위 없이 만족스러웠지만, 키가 큰데 바닥 면이 좁아서 바람 불면 쓰러질 것 같았다. 필은 닭 아파트를 벽면에 찰싹 붙여 튼튼한 철사로 감은 뒤, 옆에 있던 나무 기둥에 묶었다. 마음이 놓이지 않았지만 최선이었다. 그리고 태풍이 올라왔다. 태풍은 우리가 살고 있는 제주 서남쪽을 정조준했다. 바람은 작은 틈도 그냥 두지 않겠다는 듯 샅샅이 훑고 지났다. 다음 날 아침, 바람이 드디어 잠잠해졌을 때 문 밖으로 고개를 빼꼼히 내밀었다. 마당의 모습은 참담했다. 은행나무 잎이 모두 떨어져 마당을 덮었고, 그걸 요 삼아 거대한 나무가 누워 있었다. 봄이면 하늘에 꽃지붕을 만들던 벚나무 밑둥이 뚝 부러졌다. 어른 한 명이 한 아름 두르기도 벅찬 꽤 굵은 나무였다. 동백나무는 아예 뿌리째 뽑혀 담 밖으로 날아갔다. 나는 차마 닭장을 확인할 용기가 나지 않았다. 아름다웠던 닭 아파트가, 암탉과 병아리 들이 무사할 거라는 기대를 도저히 할 수가 없었다. 닭장을 살피러 나갔던 필이 한참을 있다 돌아와 담담히 말했다.

"닭장이 넘어갔어. 병아리는 모두 죽고 암탉 세 마리만 살았네."

얼얼했다. 태풍이 병아리를 삼켰다. 영화 『오즈의 마법사』(1939) 속 회오리는 집, 가축, 사랑하는 가족, 못된 이웃까지 캔자스 땅 위의 모든 것을 휘감아 저 멀리 날려 버린다. 그런데 회오리 속 사람들의 행동이 자못 태연하다. 아주머니는 평소처럼 뜨개질을 하고, 아저씨는 카누를 탄다. 못된 이웃은 자전거 페달을 굴린다. 마치 회오리에 잡아먹힌 줄 모르는 듯 그 안에서 일상을 산다. 병아리 스물네 마리도 평범했던 하루의 밤처럼, 서로 몸에 의지해 체온을 유지하며 꼬옥 붙어 자고 있었을까. 자신들의 세계가 그렇게 빨리 끝나가는 줄도 모른 채.

'또 다시 태풍 속에 내버려두지 않겠어.'

나는 벌떡 일어섰다. 축축한 공기 덩어리를 이리저리 패대기치는 사나운 바람 속으로 달려들었다. 삐약 소리는 조금도 약해지지 않았다. 닭장 바닥에 병아리 하나가 어둠 속에서도 어렴풋이 보였다. 사방이 캄캄해 추격전은 무리다. 내 손을 거쳐야 어미에게 돌아간다는 이치를 아는지, 병아리는 몸을 움츠리면서도 도망가지 않았다. 덥석 낚아채 어미 품에 넣는 순간, 절박했던 울음소리는 블랙홀로 빨려 들어간 듯 사라졌다. 분명 우리는 태풍 속에 있고 강풍은 질주하는데, 이 망망한 평화란.

닭장과 집 사이, 짧은 거리였지만, 내 꼴은 마치 급류에 휘말렸다 빠져나온 사람 같았다. 엄마 품 속에 파고든 병아리에게 지금 부는 태풍은 세상에 없는 일이다.

그저 따뜻한 솜털에 뺨을 부비다가 "휴—" 숨 한번 내뱉고 잠들 테지. 눈을 감았다 뜨면 태풍이 지나간 내일이 와 있을 테고. 무슨 일이 있었는지 알 길 없이 곤히 잠든 아이와 필을 들여다보고 거실로 돌아왔다. "휴—" 숨을 한번 뱉고 다시 책을 손에 들었다.

크리스마스엔 닭을 선물하세요

어린이들이 이유 없이 선물을 받는 시즌이 왔다. 친구 하나는 아이에게 크리스마스 선물을 사 주라며 돈까지 부쳤다. 어물쩍 네 지갑에 넣지 말고 증거 사진을 보내라고도 했다. 아이에게 갖고 싶은 걸 물었다. 아이는 한참을 고민하더니 말한다.

"브라마 달걀."

우리 집에서 첫 병아리가 태어났을 때 이 어린이는 세 살이었다. 아이는 자기보다 작고 약한 존재를 살뜰히 보살폈다. 그 덕이었는지 병아리들은 건강하게 자라 마루에 풀어 놓으면 무서운 기세로 이곳저곳 기웃거리고 닥치는 대로 쪼아 댔는데, 야들야들한 아이의 발은 가장 좋은 입질거리였다. 아이는 발을 쪼이고는 펄쩍펄쩍 뛰며 소파 위로 피신했다. 엉엉 울면서도 절대 병아리를 혼내거나 미워하지 않았다.

아이는 양계 가족의 큰 축을 담당한다. 밥을 가져다주고 알을 꺼내오는 것은 물론이고, 닭들이 빡빡거리는 소리만 듣고도 "얼룩이가 알을 낳았구나." 어른스럽게 말한다. 높은 횃대에서 잘 내려오지 못하는 닭을 안아서 내려 준다. 적당한 날씨, 적당한 시간을 봐서 나들이를 할 수 있도록 닭장 문을 열어주고, 들어갈 시간이 되면 닭을 몰아 닭장에 넣는다. 이때 꼭 문지방 앞에서 들어갈 듯 말 듯 밀당을 하는 녀석이 있다. 아슬아슬하게 손끝에서 몇 번이나 놓치고 만다. 나는 터키 아이스크림 장수에게 우롱당할 때처럼 약이 바짝 오르는데, 아이는 기가 막힌 동체 시력으로 손을 쭉 뻗어 닭의 꼬리털을 움켜쥐고 제압한다.

대부분 인생을 닭과 함께 하고 매일 닭 이야기를 하

며 아이는 닭치기 목동으로 자라났다. 그리고 크리스마스 선물로 기르고 싶은 달걀을 요구하는 것이다. 그것도 특정 '종'을 지목하여.

언젠가 필과 나는 아이가 타자 연습을 하는 낡은 노트북을 켰다가 박장대소했다. '수탉', '일반 브라마', '쿠쿠 브라마', '골드 브라마'⋯. 바탕화면에 저장된 사진들 이름이었다. 전원이 켜지는 것도 가상한 구닥다리 노트북을 끈기있게 상대해 웹 서핑을 하고 이미지를 다운로드해서 저런 이름을 붙여 놓은 여덟 살 인생이라니!

모든 취미 생활이 그렇듯 닭의 세계도 그들만의 우주가 넓고 깊게 존재한다. 취미 양계의 우주에서 브라마 닭은 강력한 중력을 가진 행성이다. 고기나 달걀과는 상관없이 미모에 매료되어 달걀을 사고파는 '브라마 알 마켓'이 있을 정도다. 브라마는 일단 크다. 토종 수탉의 몸무게가 2kg 남짓인데, 브라마는 9kg이 넘는다. 거대한 덩치, 부처님 귓불같이 두툼한 볏과 또렷한 눈매는 지구로 날아오는 소행성도 막아낼 듯 듬직하다. 각선미는 또 어떻고! 허벅지 아래부터 발목까지 다리 선이 드러나도록 가느다랗게 흘러내리는 털은, 발목에서 발등을 타고 땅으로 확 퍼져 풍성한 드레스 밑단 같다. '관상 닭'이라고 불릴 정도니 알 만하다. 듬직하고 아름답기까지 하면 싹수가 미흡하기 마련인데, 성격마저 온순하다. 단연 엄친닭이다. 내가 암탉이었다면 '나의 이상형은 브라마'라고 했을 판이다.

알은 하나에 만 원부터 삼만 원까지, 상당히 비싸다. 생명에 싸다 비싸다 말하는 것이 거북하지만, 어쨌든 달걀이 아닌가. 모든 알이 부화하리라는 보장도 없어 여유 있게 주문하려면 꽤나 부담스러운 가격이다. 지난 봄 까만 암탉이 달걀을 품기 시작했을 때, 브라마 알 5개와 마트 달걀 13개를 사다가 달걀 더미에 슬쩍 넣어 두었다. 고작 브라마 달걀 중 두 마리, 마트 달걀에서 한 마리가 부화했다. 그나마도 브라마 두 마리는 태어나자마자 산란통 바깥으로 굴러떨어졌다.

낯선 생명체를 경계하는 다른 닭들이 사정없이 쪼았고, 암탉은 남은 한 마리를 지키느라 품에서 벗어난 병아리를 돌볼 수 없었다. 결국 브라마 갓난둥이들은 병아리별로 떠났다. 마트 달걀의 후손이 살아남았는데, 그것이 바로 생태계 교란종 오리진이다. 수탉이 되어버린 오리진을 볼 때마다 '브라마가 살아남았다면 좋았을 걸…' 하는 생각이 드는 건 미안하지만, 사실이었다.

알 배송을 기다리는 동안 부화기를 쓸지, 암탉들에게 맡길지 고민했다. 결국 부화기로 의견을 모았다. 알을 쌓아 놓는다고 암탉들이 "어디, 이 몸이 한번 품어봄세." 하며 나서지도 않을 테고, 부화율도 부화기가 높은 편이다. 부화기 출신 병아리가 다른 닭들과 합사하는 이슈가 있긴 하지만, 일단 많이 부화시키는 것을 목표로 했다. 뒷일은 나중에 생각하기로.

시판 부화기와 '가내 수공 부화기 made by 필' 사이의 논의도 있었다. 그렇다. 필은 부화기를 직접 만들어 왔다. 시판 부화기가 부화율이 좋지만, 아이는 아빠의 핸드 메이드 부화기를 강력하게 지지했다. 우리 창고에는 스티로폼 상자가 늘 한두 개쯤 있다. 부화기가 필요할 때 즉각 만들 용도다. 처음에는 단순하게 구멍을 내서 온도를 재고 달걀을 굴리는 정도만 가능했다. 수년에 걸쳐 실전에 투입해 보며 기능을 추가하고 정밀하게 개선해 왔다. 필은 업그레이드 버전이 나올 때마다 가족 앞에서 품평회를 열었다. 아이는 아빠의 설명을 듣고 문을 열었다 닫았다 하거나 "병아리가 벽을 쪼아 먹으면 어떡해요?", "병아리가 눈부셔 하지 않을까요?" 예리한 지적을 했다. 아이는 아빠 이상으로 부화기에 진심이었고, 이는 필의 작업 의지를 더욱 불태웠다. 옳지! 우리 가문 양계 역사의 기점이 될 '크리스마스 브라마 부화 프로젝트'에 기성품을 쓰는 건 격조에 맞지 않지. 브라마를 맞을 준비, 브라마 행성에 대한 경의를 이렇게 충전해 두는 우리 가족이었다.

필의 최신형 부화기를 돌린 지 21째 날, 달걀에서 첫 울음이 들려왔다. 브라마 너란 녀석, 시간 관념도 투철하구나. 역시 엄친닭! 우리는 감탄을 아끼지 않았다. 그러나 밤이 되도록 병아리가 알을 깰 기미가 보이지 않았다. 필은 혹시 모를 사고에 대비해 부화기 옆에서 잠을 잤다. 아침이 되어서야 조그만 구멍이 생긴 달걀 두 개가 보였다. 긴장 섞인 설렘이 집안에 가득찼다. 어쩌다 돌아보면 필이나 아이가 꼭 부화기 안을 들여다보고 있었다. 나도 외출을 자제하고, 바깥일이 있으면 후다닥 해결하고 후다닥 들어왔다. 오매불망 애가 타던 중 아주 잠깐 아이와 외출한 오전 11시, 집에 놀러 온 친구에게 메시지가 왔다.

'한 마리 깨서, 인큐베이터°로 옮겼어.'

아이가 처음 옹알이를 했을 때, 첫 걸음을 뗐을 때처럼, 이토록 대견한 순간은 꼭 잠깐 눈을 뗀 사이에 찾아오고, 꼭 엉뚱한 사람이 대신 맞이하곤 한다. 첫 브라마 탄생은 놓쳤지만, 뒤이어 병아리들이 줄줄이 알을 깨고 나왔다. 48시간에 걸쳐 열 마리가 태어났다. 아기 병아리여도 브라마는 브라마, 발가락까지 보송보송한 털이 뒤덮고 있다. 온몸을 바닥에 붙이고 쌔근쌔근 잠들어 있는 병아리를 보며 최고의 축사를 한다.

모두 암탉이어라. 아미타불~아멘~비나이다!

° 먼저 부화한 병아리가 다른 달걀의 부화를 방해하지 않도록 부화 즉시 별도로 마련한 공간으로 옮겨 주곤 한다.

뒷걸음질 치지 않고

브라마 병아리 열 마리와 암탉 네 자매의 합사는 이상하리만치 수월했다. 암탉들이 낯선 병아리들을 환영한 건 아니다. 높이가 낮은 개집을 닭장에 넣고, 나뭇가지로 입구에 장애물을 만들어 닭들이 병아리를 따라 들어가지 못하게 했다. 일종의 병아리 유치원. 암탉이 성질을 부릴라 치면 병아리들은 포로록 포로록 거의 날다시피 하며 순식간에 유치원으로 숨었다.

그렇다고 암탉을 "어른이 되어서는 너그럽지 못하냐!"며 나무랄 수만도 없다. 암탉에게 빙의해 보자. 어느 날 갑자기, 연고도 없는 꼬맹이들이 한 무더기 나타나

거실에 가면 거실에, 방에 가면 방에, 화장실에 가면 화장실에 드글드글 삐약삐약 한다면? 마더 데레사라도 관자놀이에 힘줄이 생길 판이다. 꼬맹이와 암탉 공간을 나누니 그럭저럭 상생하며 지낼 수 있었다.

그러나 안타까운 사건은 도적같이 일어나는 법. 털이 완전히 마르지 않은 병아리가 몇 마리 있었다. 그 아이들을 인큐베이터에 넣고, '햇빛이 도움이 되지 않을까' 싶은 생각에 인큐베이터를 햇빛이 잘 드는 창가로 옮겼다. 봄 햇살이 엄마 솜털처럼 포슬포슬하니 안락했는지 병아리들은 금방 꾸벅꾸벅 잠이 들었다. 그러는 사이 약속이 있어 아이와 함께 집을 나섰다가, 잊은 물건이 있어 다시 집에 들렀다. 차에서 기다리라 했건만 아이가 굳이 따라오더니 들어간 김에 병아리들 잘 있나 보고 오라며 잔소리다. 약속에 늦어 급한 나는 아이의 당부가 내키질 않았다. 인큐베이터 안을 보는 시늉만 하고 무심히 시선을 거두다가, 무언가 이상해 바짝 다가섰다.

사달이 났다. 병아리 한 마리가 뒤집어져서는 숨을 헐떡이고 있다. 다른 하나도 심상치 않다. 뭐지? 왜 이러지? 온도계가 41도를 가리키고 있었다. 뚜껑을 덮은 채 창가에 두었더니 인큐베이터 안 온도가 치솟았던 것! 두 마리가 위급해 보인다. 급히 뚜껑을 열어 병아리들을 꺼냈다. 손바닥에 올려놓자 축 처져 아무 움직임이 없다. 대신 내 몸이 사정없이 떨렸다. 내 손에 이 작은 것들의 생사가 달려 있다. 머리 속에 탁한 안개가 가득 들어찬다. 침착하고 대범한 필과 함께 살다 보니 위급 상황 대처 능력이 완전히 퇴화했다. 마치 닭의 날개처럼.

어떡하지, 어떡하지…. 해결책이 떠오르긴커녕, 초점이 흐려지고 입에서는 아무 말이나 흘러나왔다. 도망갈 구멍을 찾고 싶었다. 그때, 나를 향해 입을 벙긋거리는 아이가 눈에 들어왔다. 무언가 말을 하고 있는 게 분명한데 귀에 들어오지 않았다. 하지만 아이의 간절한 눈빛을 본 순간, 도망가고 싶은 마음이 싹 사라졌다. 두렵고 서툴지만, 아이에게 뒤꽁무니를 보일 순 없다. 용기든 정신줄이든, 어른으로서 엄마로서 양계인으로서 책임감이든, 일말 남아 있던 응급 상황 대처 능력이든 박박 끌어와 날뛰던 심장을 진정시켰다.

일단 병아리를 왼손에 쥐고 오른손 검지 끝에 찬물을 찍어 부리 안으로 밀어 넣었다. 손가락으로 몸을 문지르고 입에 물을 한 방울씩 떨어뜨리자 늘어졌던 병아리가 물을 삼키기 시작했다. 살아난 것 같다. 나도 살았다. 여전히 덜덜 떨리는 손으로 응급처치한 병아리들을 그늘로 옮겼다. 너무 늦진 않았다. 다행이다. 저승사자 닭의 꽁무니를 종종종 쫓아가던 병아리들을 저승 문턱에서 잽싸게 인터셉트한 듯 희열을 느꼈다. 진땀 대신 상쾌한 땀이 흘렀다.

브라마 병아리들은 쑥쑥 자랐고 유치원은 좁아터질 지경이었다. 감나무 밑에 새 닭장 - 병아리 빌라를 만들어 주었다. 병아리와 어른 닭 들의 접점을 점차 늘려가며 본격적인 합사 연습을 했다. 인간들의 아침 식사가 끝나면 닭들의 식사가 차려진다. 남은 음식물을 닭장 바닥에 뿌리자 어른 닭은 퍼덕퍼덕, 병아리는 콩콩콩 모여든다. 발랄한 궁둥이를 하늘로 치켜들고, 고개는 땅에 박은 채 음식을 쪼기 시작한다. 어른 닭은 가운데에, 병아리들은 가장자리를 비잉 둘러 밥을 먹는 풍경. 내가 그날 뒷걸음질 쳤더라면 어쨌으랴.

병아리를 닭으로 키우며 체득한 두 가지 기질이 있다. 첫째, 아무리 사소한 것이라도 일이라도 미루지 않는 성실함. 둘째, 햇빛도 위협이 될 수 있는 생명을 위해 본능적으로 움직이는 결기. 엄마, 그리고 양계인이 되기 전의 나는 둘 다 쉽지 않았다. 곤란해 보이는 일은 뒤로 미루거나 못 본 척하며 '어떻게든 되겠지, 뭐…' 중얼대기 일쑤였다. 지금은 내 손바닥 위의 존재들에게 내가 마지노선임을 사무치게 인지하며 산다. 내가 몸을 빼면 끝인 상황은 두렵지만, 한편 가진 줄 몰랐던 힘을 끄집어낸다.

알이었을 때부터 온 가족의 관심과 총애를 받아서 그런지 브라마 병아리들은 발육이 남달랐다. 균형감 따위 고려하지 않고 몸 이곳저곳이 산발적으로 두꺼워지고 길어졌다. 특히 다리는 타조처럼 굵고 튼튼했다. 덩치는 진작 언니° 닭을 넘어섰고 더 이상 햇빛 따위에 목숨을 위협받지도 않는다.

브라마들이 모두 암컷이길 바라며 어른 암탉을 '언니'라 불렀다. '누나'라고 부를 브라마는 한 마리도 없길 바라는 간절한 주문이었다.

우리 집 거실 창에서는 닭장이 아주 잘 보여서, 녀석들의 생활을 무심결에 자꾸 보게 된다. 그러다 보면 어처구니가 없어 피식피식 웃음이 난다. 제 키의 반절밖에 안되는 언니들이라도 감히 대들 수는 없어서 꽁무니를 뺀다. 몸이 아무리 커졌어도 속은 어리다. 자기들이 어떤 일을 겪었는지도 모르고 아무거나 주워 먹고, 애꿏은 땅을 팍팍 파헤치며 힘자랑을 하고 있다. 어른 닭 앞에서 까불다 엉덩이를 꽉 물리고, 더운 날엔 그늘을 배우고, 추운 날엔 햇빛을 찾아가며 자기 몫의 생을 치열하게 챙길 테지.

브라마들이 더 자라 엉덩이를 쪼는 언니들에게 니킥을 날리는 순간, 세대교체도 자연스레 이루어질 것이다. 언젠가는 스물 하루의 고행을 자처하며 생명을 품고 지켜 낼지도 모른다. 병아리는 무력하게 태어나 또 무방비로 위험에 놓일지 모른다. 그때의 나는 어떤 종류의 힘을 낼지 지금의 나는 모른다. 그저 앞으로 나갈 뿐이다. 뒷걸음질 치지 않고.

기른 닭을 먹습니까?

필이 정원사가 되겠다고 선언했다. 그 말은 씨 뿌릴 땅이 필요하다는 뜻이다. 생각에 꼬리를 무는 법이 없는 행동파 필은 즉시 뒤뜰에 새 닭장을 지었다.

한 평쯤 되는 아담한 뒤뜰에는 귤나무 네 그루와 감나무 두 그루가 서 있다. 누구도 돌보지 않은 세월이 수십 년, 귤나무는 투박하고 단단한 귤을, 감나무는 떫은 감을 조롱조롱 맺는다. 귤은 와인을 데워 먹을 때 하나 똑 따 넣으면 좋고, 감은 아무리 기다려도 떫은 맛이 가시지 않아 관상용으로 둔다. 사람 입에 맞는 과실을 만드느라 힘을 써버리는 대신, 자연이 시키는 대로 자란

나무들은 모양새가 탄탄해서 보기에 아름답고 든든하다. 그 뒤로 펼쳐진 까만 돌담, 까만 흙은 과실의 빛깔을 한결 돋운다. 같은 귤이라도 마트에서 볼 때와 제주 풍경과 어우러졌을 때가 이렇듯 사뭇 다르다.

돌담을 마주하고 있는 뒷집 마당의 동백나무 또한 제주를 실감하는 데 한몫한다. 봄이면 하얀 귤꽃이 만발하고, 여름이면 귤 알맹이가 초록으로 익어가고, 가을겨울 주홍색 귤의 풍요로움을 지켜보고 나면, 탐스러운 동백이 한 해를 마무리한다. 한겨울이 되어도 초록 잎이 무성한 귤나무. 주홍 귤, 빨강 동백꽃에 하얀 눈이라도 소복이 쌓이는 겨울날이면 소란스럽지 않은 화려함이 가득 찬다. 제주에 오길 잘했다, 몇 번이고 감복한다.

제주다운 뒤뜰에 자리한 새 닭장은 완벽했다. 나무와 돌담이 바람을 막아주니 앞마당보다 훨씬 아늑했다. 닭들도 새 집이 좋은지 볕이 들면 동그란 구덩이를 파서 흙에 배를 대고 앉는다. 그렇게 평화롭기만 하던 그림에 슬슬 변화가 생기기 시작했다.

열 세 마리의 닭들이 두세 무리로 나뉘어 이리로 우루루, 저리로 우루루 뜀박질을 한다. 부엌 창으로 얼핏 보여 무슨 일이 생겼나 고개를 쭉 뺐다. 닭들은 시치미를 뚝 떼고는 평소처럼 흙바닥을 파헤치고 있다. 중학교 교실, 판서 중인 등 뒤에서 난리법석이 일어나는 게 확실한데, 휙 돌아보면 전 학급이 고요~~~히 공부하고 있는 상황 속 초임 교사가 된 기분이랄까? 도대체 쟤들 나 몰래 무슨 드라마를 찍는 거야?

발랄한 청춘 드라마? 아니 그보다는 아침 드라마에 가까울지도. 브라마 수탉 한 마리와 토종 암탉 두 마리 사이에서 병아리 4남매가 태어났다. 두 암탉은 알을 구분하지 않고 품어 병아리들의 생모가 누구인지는 알 수 없었다. 닭은 순종 족보 따위 관심 없으니 그나마 다행이다(개족보보다 더 꼬인 계족보는 유구한 역사를 이어가는 중이다).

병아리 4남매는 한 마리 빼고 모두 제 아빠처럼 발목에 화려한 털을 두르고 있다. 브라마의 후예답게 몸집도 빠른 속도로 커졌다. 어미 덩치를 훌쩍 넘긴 녀석들은 다음 관문 앞에 서 있다. 암탉만이 통과할 수 있다는, 가혹한 병아리 성감별의 문. 토종닭은 꼬리털 모양으로 성별을 짐작할 수 있지만, 브라마와 토종닭 혼종은 처음 겪으니 암수 구분에 자신이 없었다. 가장 먼저 우는 자, 네가 바로 수탉이렸다!

그러던 어느날, 갑자기 "푸드득, 푸드득"에 "꽥꽥"까지 난리가 났다. 벌떡 일어나 창으로 다가가니 두 마리 어린 닭이 격렬한 결투 중이다. 하얀 닭과 흰색과 회색이 물결처럼 일렁이는 물결 닭이다. 물결 닭은 하얀 닭의 맨드라미 같은 빨간 볏을 사정없이 쪼았다. 순식간에 하얀 얼굴에 피가 주루룩 흘렀다. 끝내 두 마리 공히 피투성이가 되었을 때, 필이 일어섰다. 하얀 닭을 잡아 닭장에 넣고 문을 잠갔다. 흥분이 가시지 않은 두 녀석은 철망을 사이에 두고 씩씩거리며 눈싸움을 했다. 이 결투에서 둘은 누구도 이기거나 질 수 없었다. 왜냐하면 이렇게 서열 다툼을 한 이상 두 녀석 모두 수탉임을 자수한 것과 다름없기 때문이다.

며칠 후 동틀 녘, 두 녀석이 번갈아 울기 시작했다.

지난 일을 후회하지 않고, 다가올 일을 걱정하지 않는 삶의 태도란, 저들에게 배우고 싶은 것이 분명하나, 미래가 빤히 보이는 나만 시름이 깊어질 뿐이다.

뒤뜰에 있는 닭장 문을 열면 닭들은 집 옆으로 난 마당으로 돌아 나온다. 옆 뜰에는 닭도 인간도 좋아하는 배추가 자라고 있다. 작년에는 배춧잎 끄트머리를 닭이 뜯어 먹었고, 그대로 수확해 김치를 담갔으니 김치 모양새는 알만 하시리라. 이번 배추는 닭들과 나누지 않기로 결정하고 모종을 심었다. 그런데 다음 날, 흙 위로 살짝 올라온 연둣빛 이파리가 흔적도 없이 사라졌다. 영문을 모른 채 새 모종을 심었는데 똑같은 일이 벌어졌다. 약이 오른 정원사 필은 누구의 짓인지 알아내기로 했다. 세 번째 모종을 심은 날 밤, 살금살금 밭에 나가 기습적으로 손전등을 비추니, 콩벌레가 까맣게 모여서 배추 이파리를 뚝딱하고 계셨다. 이렇게 다양한 종의 입맛을 아우르는 채소라니. 가을 배추, 더욱 독차지하고 싶어졌다.

그렇게 네 번이나 심은 귀한 배추가 어느 정도 자라면, 이제는 닭으로부터 보호해야 한다. 필은 배추밭 주변으로 담을 쳤다. 그래 봤자 성근 망이어서 배추가 다 보이고 어른 가슴 높이 밖에 안 되니, 닭들은 날갯짓 두 번이면 훌쩍 넘을 터였다. 하지만 신기하게도 선을 넘지 않았다. '인간, 충분히 넘어갈 수 있지만 내가 참아 줄게'라는 듯.

닭은 영험한 동물임에 틀림없다. 지금은 많은 이들이 닭을 지능이 낮은 동물의 대표로 삼고 놀리지만, 상서로운 존재로 여겨졌던 찬란한 역사가 엄연히 존재한다. 어둠을 물리치고 빛을 가져오는 존재로서 동서양의 많은 신화나 전설에 등장하며, 모든 새의 우두머리라 불리는 상상 속의 동물 봉황도 닭의 모습을 형상화했다고 전해진다.

'사람들은 닭을 너무 몰라.' 남들은 모르는 진리를 발견한 듯 혼자 벅차오르고 있는데, 뒷집에서 닭 한 마리가 돌담을 넘어 푸드득 푸드득 날아드는 것 아닌가. '뒷집에서 닭을 키우셨던가?' 하고 바라보니 이 녀석, 어디에서 많이 본 닭, 물결 닭이다! 아무리 닭이라도 사유지를 침범하면 곤란하다. 놀란 나와 달리 녀석은 천하태평 여유롭다. 한두 번 월담하신 솜씨가 아니다.

뒷집엔 연세가 아흔 살쯤 되는 인자한 노부부가 살고 계신다. 가까이 지내고 싶지만 그러지 못했다. 언어의 장벽 때문이다. 제주에 산 지 십 년쯤 되니 젊은이들이 하는 제주어는 알아듣고 흉내도 낸다. 하지만 어르신들의 제주어는 차원이 다르다. 일상적인 인사말 뒤에 뭐라도 말씀하기 시작하면, 그때부터 해독 불가다. 원활한 티키타카가 되지 않으니 마음도 가까워지기 어려웠다. 두 분도 어색한 기운을 느끼셨는지, 이제는 꼭 할 말이 있을 때만 담 너머로 말을 건다. 그럴 때면 천천히 서울말을 하시는데, 그 말투가 여간 부자연스럽다. 제주어를 따라하는 우리처럼 말이다.

월담 현장을 목격한 날에서 얼마 지나지 않아 어르신이 다급히 우리를 불렀다. 서울말로 또박또박,

"주인장(?), 주인장! 닭 넘어 왔어요, 닭!"

물결 닭과 브라마 암탉 둘이서 월담을 했다. 브라마

암탉은 독수리처럼 생겨서 모르는 사람이 보면 기겁할 만하다. 필은 허겁지겁 담을 넘었다. '이봐요, 필! 인간은 문으로 가야죠. 닭따라 월담이라니!' 귤밭으로 가출한 닭 가족을 잡으러 갔을 때처럼 필은 마음이 급했다. 담을 넘은 필이 마주한 풍경은, 암담 참담했다. 어르신 댁 널따란 텃밭의 알찬 배추들이 이미 여러 번 털렸음을 너덜너덜한 겉잎으로 호소하고 있었다. 단순 월담이 아니라 배추 서리였다니. 이런 경위로 우리 배추는 무사했던 건가. 작년 우리 집 배추밭과 꼭 같은 처참한 광경을 앞두고 너무 죄송한 마음에 울컥한 필이 말했다.

"할아버지, 닭 잡을 줄 아시죠?"

'물결 닭! 소신공양하여 죄값을 치러라.' 필은 큰 결단을 하고 보상을 하려던 것인데, 어르신은 화들짝 놀라며,

"에이, 난 그런 험한 일은 싫어! 할 줄 몰라요."

질겁한 얼굴을 모로 돌리며 손사래를 치셨다. 어찌나

놀라셨는지 구부정했던 등이 살짝 펴진 듯했다. 아흔 해쯤, 그것도 시골에서 살면 닭 잡기 정도는 기본기일 줄 알았는데 아니었다. 하긴, 나도 마흔 해 넘게 살고도 못하는 일 투성인 걸. 필은 녀석들을 잡아 담을 넘어 왔다.

머잖아 4남매 중 물결 닭을 포함한 세 마리가 수탉으로 밝혀졌다. 오호통재라! 원래 있던 수탉까지, 네 마리 수탉과의 동거. 이것들이 아침마다 사중창으로 꼬끼오를 메기고 받으니 필의 분노 게이지는 빠르게 차올랐고, 결국 두 마리가 먼저 열탕의 수증기로 사라졌다.

문과 출신 양계인으로서 나는 이 지점도 착잡하다. 강아지나 고양이는 '무지개 다리를 건넌다'든지, 금붕어는 '용궁으로 간다'든지 주옥같이 아련한 표현이 있는데, 닭에겐 없다. "물 끓여!" 정도다. 그마저도 닭을 음식으로만 대하는 것 같아 마뜩잖다. 그렇다고 음식과 상관이 없는 것도 아니니 다소나마 시적(?)으로 '열탕의 수증기로 사라지다'라고 써본 들 닭들에게는 위로가 되지 않겠지.

집닭을 먹은 건 정말 오랜만이었다. 닭을 키우기 시작한 해, 즉 7년 전, 처음으로 수탉을 먹었다. 잡을 것이냐 말 것이냐로 마음이 혼란스럽긴 했지만, 잡고 나면 그저 고기일 줄 알았다. 그러나 먹을 때 심한 불편함이 몰려왔다. 입안에 넣고 씹는 것부터 견디기 어려웠다. 목구멍으로 넘기는 건 더 괴로웠다. 식도를 따라 내려가는 덩어리가 또렷하게 느껴졌고, 현무암을 삼킨 것마냥 속이 무겁고 답답했다. 손님과 함께 한 자리라 거북한 기색을 내보일 순 없었지만, 우리 가족은 거의 먹지 못했다. 아이는 어려서는 모르고 먹었지만, 점차 함께 살던 존재를 잡거나 먹는 것을 못 견뎌 했다. 그 이후 열탕의 수증기로 사라진 수탉들은 모두 서울 부모님 댁으로 올려 보냈다.

그렇게 거북했는데 어떤 이유로 다시 먹게 됐는지는 분명하지 않다. 우리 이제 닭을 먹자고 가족 회의를 한 것도 아니었다. 그저 자연스러웠다. 아마도 닭들과 살아온 시간이 쌓이는 동안, 감정의 군더더기들이 천천히 정리된 것 아닐까.

닭을 키운다고 하면 기른 닭을 먹느냐는 질문을 으레 받는다. 기대하는 답은 "안 먹는다." 쪽이 우세해 보인다. 이 책의 기획자도 우리가 닭을 기른 후 채식주의자가 되었으리라 짐작했다고 한다. 우리는 닭을 기르기 전이나 지금이나 고기를, 닭을 먹는다. 집닭은 두 번이 전부였고, 앞으로 흔히 있을 일도 아니지만 어떤 이유에서든 우리 닭들이 생을 마감한다면, 녀석들의 남겨진 몸이 우리에게 영양분이 되는 것도 각별한 의미가 있다고 생각한다. 황선미 작가의 소설 『마당을 나온 암탉』(사계절, 2002)의 막바지, 소임을 다한 늙은 암탉은 어미 족제비에게 목을 내어 준다. 내 몸으로 아기 족제비들을 먹여 살리라며. 존재와 존재는 보통 서로의 기억에 남지만, 그렇게 서로의 몸에도 영원히 이식되는 것인지 모르겠다.

여전히, 달걀 속 첫 울음부터 새벽 울음까지, 기억이 떠오르면 안 그래도 단단한 고기가 더 단단해져 목구멍을 막는다. 우리는 고마웠던 존재의 흔적이 한 방울도 낭비되지 않도록 천천히, 말끔하게 식사를 마친다.

경건한 식사다. 그것으로 되었다.

닭이 이름을 가지려면

뒤뜰에 심은 배추가 참 잘 자랐다(뒷집 어르신네 배추의 희생 덕이다. 거듭 죄송하다). 벌어진 바깥 이파리들을 차곡차곡 포개어 끈으로 묶어 두었더니 속이 제법 알차게 들어찼다. 제주 겨울 바람에 살이 오른 배춧잎은 보기만 해도 아삭아삭 시원한 단물이 입안에 돈다.

문제는 내 입에 맛있는 건 닭에게도 맛있다는 점이다. 닭장 문을 열면 우루루 배추에 달려들어 뜯어 먹는다. 그러니 배추를 심고부터는 녀석들을 풀어 줄 마음이 들지 않는다. 노상 닭장을 나와 신선한 풀과 흙과 벌레를 맛보던 녀석들을 며칠 가두자 사람만 보면 한꺼번에 빡빡대며 난리다. 괜히 미안해서 눈도 마주치지 못하고 오가기를 며칠, 참지 못해 문을 열어 주며 "배추는 먹지 마!" 하고 공연히 으름장을 놓는다. 서로 먼저 가겠다고 뛰다가 아예 퍼덕퍼덕 날아가는 녀석들, 내 경고는 귓등으로도 듣지 않고 배추로 돌진한다.

빗자루를 휘두르며 쫓아내도, 잠깐 물러나는 척 했다가 슬금슬금 배추로 몰려든다. 한층 사납게 닭들을 쫓아 뒤뜰로 몰아낸다. 고새 배추의 존재를 잊은 듯, 귤나무 아래 흙을 신나게 파헤치는 걸 보고 나서야 경계를 풀고 집으로 들어오는데, 그래도 마음이 놓이지 않아 자꾸만 바깥을 내다 본다. 살다살다 배추에 이렇게 집착하게 될 줄이야….

이런, 귤나무 밭에 닭이 없다. 옆방으로 뛰어가 창밖을 보니 배추밭 근처에 암탉들이 모여 있다. '이 녀석들이!' 어깨에 힘이 바짝 들어간다. 그런데 다시 보니, 긴장이 스윽 풀리고 마음이 몽글몽글해진다. 암탉들은 흙 목욕을 하고 있었다.

마당 한 구석에 땅이 움푹, 수박만 한 운석이라도 떨어진 듯 패인 곳이 있다. 닭들이 구덩이에 폭 들어가 뒹굴면 아늑한 흙먼지가 동그랗게 일어나 녀석들을 감싼다. 만만한 구덩이를 찾아 녀석들이 욕조로 삼은 것인지, 목욕을 해대서 구덩이가 생긴 것인지는 알 수 없다. 날개를 퍼덕이기도 하고 몸을 돌려가며 꼼꼼하게도 문댄다. 나도 배추 따위 새까맣게 잊어버리고 그저 감상한다. 흙 목욕은 내가 가장 좋아하는 풍경이다.

흙 목욕이란 닭이 흙바닥이나 모래에 몸을 부벼 흙먼지를 몸에 끼었고 깃털 구석구석에 묻히는 행위를 말한다. 닭은 알을 품기 위해 약 37.5~40도까지 체온을 유지하는데, 흙 목욕으로 너무 높아진 체온을 낮춘다. 또 깃털 사이사이에 흙을 묻혀서 털어내면 진드기나 기생충이 떨어져 나온다.

닭들에게 우리 집은 사방이 목욕탕이었다. 지난 가을 이사 온 이 집 마당은 잔디도 없고, 시멘트도 바르지 않은 맨바닥이었다. 흙먼지가 폴폴 일어 집안까지 들어왔고, 비가 오면 늪이 생겼지만 마냥 즐거웠다. 이 집은 제주 생활 7년 만에 비로소 장만한 우리 집이었기 때문이다. 집, 귤나무, 돌담… 모두가 우리 것이지만, 흙은 우리가 진짜 '땅'을, 뿌리내릴 '터전'을 가졌다는 증거 같았다.

우리는 더 이상 '집주인이 허락할까?' 따위를 걱정하지 않고 흙의 앞날을 그렸다. 번듯한 닭장을 지어야지. 복숭아며 앵두, 무화과, 좋아하는 과일 나무를 다 심어야지. 창틀에 수북한 흙먼지를 닦아내며 콧노래를 불렀다. 수리가 끝날 때까지 지낼 다른 집을 구하고 여름 내내 필은 이 오래된 집으로 출근했다. 컴컴한 안방 벽을 부수고 천장을 헐었다. 조그만 창뿐이던 마당 쪽 벽은 훤히 터서 통창을 만들었다. 매서운 제주 바람을 막을 튼튼한 창호를 달고 벽은 두텁게 단열 처리했다. 쓰임을 미리 예상하며 전기 콘센트 자리를 만들었다.

11월 22일. 이사 날짜를 잡아 놓고 필은 작업을 서둘렀다. 세상의 모든 데드라인이란 마땅한 때보다 이른 법. 이사 전날까지 공사를 했음에도 겨우 작은 방 하나에만 바닥이 깔렸다. 꼭 필요한 생활 도구만 두고 단칸방 생활을 했다. 좋은 나무로 튼튼하게 짤 계획인 싱크

대도 아직 필의 머리 속에만 존재했다. 마당은 손도 대지 못한 형편이었지만, 함께 이사 온 암탉 세 마리가 살 집은 필요했다. 지난 집들에서는 우리 마음대로 닭장을 지을 수 없었다. 닭을 키워도 된다는 허락만으로도 감사했고, 여기저기에서 주워 온 철망 울타리로 어설프게 만들었다.

이제 필은 크고 튼튼한 닭장을 짓고 싶어 했다. 그동안 허술한 닭장 탓에 닭을 잃었던 일들을 상쇄하려는 듯. 직전 집에서는 유난히 지독한 사고가 많았고, 그 집을 떠날 때 우리 곁에는 고작 암탉 세 마리만 남았다. 이제 이사도, 집주인도 없는 우리 집을 함께 맞이한 녀석들은 각별했다.

그렇게 셋은 이름을 갖게 됐다. '닭에게 이름을 짓지 말라'는 수칙을 깬 것. 『센과 치히로의 행방불명』(2002)에서 이사갈 집에 당도하지 못하고 엄마 아빠와도 생이별한 '치히로'는, 마녀가 운영하는 온천장에서 생명을 부지하는 대신 이름을 빼앗긴다. 이름을 되찾자 엄마 아빠에게 걸렸던 마법도 풀리고 비로소 집에 갈 수 있게 된다. 우리도 드디어 우리 집을 가졌을 때, 귀한 알을 낳아 주고, 각종 코믹 슬랩스틱으로 웃음을 주는 소중한 닭들에게 이름을 주기로 한 것이다.

빨간 벼슬과 회색 털이 근사한 아이는 '구루', 양 뺨에 털이 보송보송한 아이는 '구레', 작고 다부진 까만 몸통에 윤기가 흐르는 아이는 '구구'. "구루, 구레, 구구야. 조금만 기다려. 남부럽지 않은 닭장을 지어 줄게." 우리는 녀석들의 이름을 부르며 안심시켰다.

이사 후에도 공사를 하느라 필이 항상 집에 있었고, 마당은 열려 있으니, 세 자매는 많은 시간을 마당에서 자유롭게 보냈다. 구구는 유난히 흙 목욕을 좋아한다. 다른 암탉들이 바쁘게 흙을 파헤치며 본업에 열중할 때도 구구는 혼자서 흙 목욕을 하곤 한다. 흙 마당 곳곳 햇볕이 잘드는 흙 욕조 안에 구구의 온기가 옴폭옴폭 남아 있다. 구루는 오래 머물지 않고 금방 일어나 다른 일을 보러 간다. 대중 목욕탕에 가도 탕에서 세월아 네월아 하지 않고 샤워만 하고 나오는 쌈빡한 언니 타입이다. 구레는 구구와 함께 할 때가 종종 있었다. 둘이 엉덩이를 맞대고 한참 동안 흙을 비비다가 구레가 일어서도 구구는 그 자리에 남아 여운을 즐긴다. 확실히 구구는 발그레한 얼굴을 하고 탕이며 사우나며 탈의실이며, 가는 곳마다 보이는 세월아 네월아 언니 타입이다. 바나나 우유 대신 지네를 좋아하는 닭 언니 정도?

제주의 가을은 구구마냥 있을 수 있을 때까지 머물다 떠나는지라 11월까지 포근하다. 바삭바삭 쾌적한 공기를 한껏 들이마시면 콧잔등부터 배 속까지 행복함이 가득 퍼진다. 하늘에는 구름 떼가 몽실몽실 산방산으로 모여 들고 저 멀리에는 바다가 펼쳐져 있다. 가장 멀리 바라보았다가 가장 가까이 내 발 밑, 내 집 마당을 들여다본다. 오늘은 구루, 구레, 구구 셋이 나란히 엉덩이를 비비며 구덩이에 몸을 문지른다.

구루는 할 일이 생각났는지 곧 일어나 텃밭으로 사라졌다. 구레와 구구는 여유로워진 흙 구덩이에서 본격적으로 흐트러진다. 바닥에 등을 대고 거의 눕다시피 한다. 눈을 뗄 수 없는 풍경이다. 내가 소리를 내면 놀라서 흙 목욕을 멈출까봐, 숨소리도 삼가며 감상한다. 따스한

가을볕과 향긋한 흙 내음 속에서 닭들과 나는 분명 같은 마음이다.

머잖아 정식 닭장이 들어섰다. 약속한 대로 널찍하고 튼튼한 보금자리였다. 구루, 구레, 구구가 자리를 잡았고, 다음 닭들도 더해졌다. 그중에는 수탉도 있어서 자연스레 가계가 이루어졌다. 달걀 통에 누가 낳았는지 모를 알이 잔뜩 모이자 구구가 품기 시작했다. 구루와 구레는 별 관심을 보이지 않았다. 어째서 구구만 알 품을 결심을 하게 되었는지 모르겠지만, 하여튼 구구는 제일 먼저 엄마의 길을 택했다. 새 집으로 이사한 첫 번째 봄이었다.

부화한 세 마리 병아리 중 한 마리만 살아남았다. 산란장 밖으로 굴러떨어진 갓난 병아리 두 마리를 쪼아 죽인 구루와 구레는 살아남은 녀석을 끈질기게 핍박했다. 친구들에게 섭섭할 만도 하지만 구구는 먹이를 잘게 잘라 새끼 앞에 놓아 주며 더 끈질기게 지켜냈다. 그렇게 키운 녀석이 이젠 제 어미보다 커졌다. 여전히 어미 꽁지를 졸졸 따라 다니는 녀석을 어느 날부터 구구가 쪼아 쫓아낸다. "이제 나는 할 일을 다 했어. 다시 내 삶을 찾을래!" 선언하듯 말이다.

그런 구구가 오랜만에 흙 목욕을 한다. 목욕탕 단짝 구레는 돌연 세상을 떠났다. 구구는 엄마가 되고, 새끼들과 친구를 잃고, 홀로 병아리를 닭으로 키워냈다. 그러는 동안 마당은 듬성듬성했던 잔디가 자라 푸르른 잔디밭이 되었고, 킥판을 잡고 수영을 배우던 아이는 접영으로 수영장을 오가게 되었다. 나에게도 변화가 생겼다. 무릎 통증 치료차 시작한 아침 달리기가 리추얼로 자리잡았다. 그리고 마당에 있던 돌창고를 게스트룸으로 개조해 에어비앤비를 시작했다. 숙소 이름은 '제주 블루스'. 제주에 내려와 타지 삶이 쓸쓸할 때 자주 들었던 음악이 블루스 장르였다. 그때가 엊그제 같은데 어느덧 제주도민 11년 차, 우리 가족의 취향이 깃든 숙소를 짓고 손님을 맞이한다니! 식물도 닭도 사람도 우리 집에서 자기 방식으로 역사를 만들고 있다.

마당이 잔디로 덮여도 구구는 제 몸을 부빌 만큼의 흙바닥을 용케 찾아냈다. 태양이 종일 마당을 비추어 흙이 충분히 따뜻할 때, 구덩이에 엉덩이를 부빈다. 날개를 퍼덕이며 오랜 시간을 들여 온몸에 흙을 묻힌다. 많은 것이 달라졌지만 흙은 변함없이 포슬포슬한 먼지 쿠션을 만들어 구구를 품는다. 꼼꼼히 그리고 묵묵히 흙 목욕을 하는 구구의 눈빛과, 까만 깃털 빛깔이 한층 깊어진 것만 같다.

암탉천하

세 자매 말고 이름을 가진 닭이 또 있다. 까망이. 이름에서 알 수 있듯 까망이는 볏부터 발끝까지 온통 까맣다. 햇빛을 받으면 격조 있는 청색으로 빛난다. 색깔이 주는 그로테스크함과는 달리 애교가 넘친다. 새끼 때부터 유독 사람을 따랐다. 먹이를 주려고 닭장에 들어가면 다른 닭들은 일단 좀 물러났다가 눈치를 살피며 슬슬 모여드는데, 까망이는 닭장 문을 열기도 전에 도도도도 달려온다. 목을 이리저리 쭉쭉 빼며 까맣고 동그란 눈을 우주처럼 반짝이는 게 "뭐 맛있는 거 가져왔어요?"라고 묻는 어린아이 같다.

마당에 나와 있을 때에도 다른 닭들은 사람과 멀찍이에 모여서 흙을 쪼고 있지만, 까망이는 일단 달려온다. 아기 펭귄처럼 두 발로 되똥되똥 뛰어오는 까망이 발꿈치에서 핑크색 하트가 뿅뿅 솟아오른다. 까망이의 코트가 오후 햇빛에 반지르르 빛을 낸다. 그 빛이 어찌나 세련되었는지 무명천으로 만든 소박한 옷을 입은 사람들 틈에 혼자만 벨벳 투피스를 차려 입은 개화기 신여성 같다. 패션 감각뿐 아니라 호기심, 진취적인 행동까지 모던 걸의 매력을 두루 갖추고 있다. 그렇지만 먹을 것이 없으면 망설임 없이 돌아선다. 질척이지 않는다. 과연 모던 걸다운 애티튜드. 우리 가족의 마음을 독차지할 만하다.

암탉은 사람을 공격하는 일이 별로 없지만, 까망이는 유독 순하다. 구루, 구레, 구구 세 자매만 살던 시절, 셋은 수탉의 빈자리를 채워 갔다. 구루가 대장이었는지, 세 자매는 구루를 선두로 쪼로로 쪼로로 몰려 다녔다. 가끔 구레나 구구가 마음에 들지 않으면 구루가 매섭게 혼을 내기도 했다. 셋은 나름의 질서를 갖추었다. 그러다 병아리가 태어났고, 시간을 들여 천천히 암탉 세 자매와 합사했다. 역시 구루가 가장 불편한 기색을 보였다. 어린 닭들을 종종 공격했는데, 수탉으로 판명난 두 마리는 특히 더 구박 세례를 받았다.

병아리들은 쑥쑥 자랐고, 누나에게 기가 눌려 살던 남동생이, 자신이 누나보다 힘이 세다는 것을 깨닫는 순간은 순식간에 찾아온다. 어른 수탉 옆에서 구루의 회색 몸통은 더없이 작아 보이기 시작했다. 하루가 다르게 화려해지는 수탉에 비해 구루는 아무도 찾지 않는 암자를 지키는 수수한 비구니 같았는데, 점차 수수함에서 초라함으로 변해갔다. 날로 화려해지는 수탉 때문만은 아니었다. 어느 날부터 닭장 바닥에 회색 깃털이 뭉텅이로 굴러 다녔다. 장성한 수탉들이 암탉에게 난폭하게 달려드는가 싶어 속이 상했는데, 다른 암탉들은 멀쩡했다. 유독 구루만 수척해졌다.

수탉이 없는 세월 동안 다소 사납게 기강을 잡던 구루에게 복수라도 하는 것일까? 닭을 타이를 수도 없으니 더 심각한 일만은 일어나지 않길 바라며 닭장을 자주 점검했다. 그러나 딱히 구루가 공격당하는 기색은 보이지 않는다. 털이 이렇게 뽑힐 정도라면 몸에 상처가 남을 텐데 그런 것도 없다. 하도 이상해서 털 빠지는 병이라도 걸렸나 연구해보니 글쎄, 닭도 털갈이를 한단다.

같은 나이의 구구, 구레는 괜찮은데 구루만 유난스런 털갈이를 했다. 결국 구루는 살이 훤히 보일 정도로 털을 털어내더니, 어느 순간 한층 뽀얗고 보드라운 회색 털로 갈아입었다. 마치 까맣던 머리카락이 백은발로 바뀐 멋진 노부인 같았다. 타성에 젖은 권력욕도 털에 묻혀 날려 보낸 것일까. 털갈이를 마친 구루는 더 이상 수탉과 신경전을 벌이지 않았다. 꺾이느니 죽겠다는 절개보다, 털을 다 갈아 내는 처절한 변화의 몸짓으로, 여왕좌를 내주고 뒤로 물러나 다른 생을 살겠다는 의지가 위대해 보였다.

두 마리의 수탉이 장성하여, 그중 한 마리가 우두머리로 자리 잡고 가족을 든든히 지켰지만, 2인자 수탉은 난봉꾼이었다. 수탉 천하가 되고 나서는 까망이가 제일 걱정이었다. 반질반질하던 검은 털이 푸석해지는가 싶더니, 등쪽 털이 뜯겨나가 제멋대로 뻗쳐 있다. 모든 암탉들이 겪는 고초였지만, 내 눈엔 까망이만 유독 심하게 당하는 듯 보였다.

까망이의 까만 볏과 까만 털이 수탉에게도 매력적으로 보이는 걸까? 참, 닭 볏은 빨강이 대표적이지만 까만 볏도 있다. 볏에는 혈관이 집중되어 있어 피가 많이 모이는데, 그 피가 돌면서 체온을 유지하는 역할을 한다. 볏은 성호르몬의 영향을 받아서 자라며, 볏이 큰 닭일수록 골밀도가 높고 알도 많이 낳는다. 자연히 닭의 세계에서는 크고 밝은 색 볏을 가진 닭이 인기가 좋다. 하지만 볏이 크면 추운 날씨에 얼어버리기 십상이다. 겨울 멋쟁이가 되려면 그쯤은 감수해야지.

그렇게 보면 까망이의 작고 까만 볏은 마이너스 요소다. 수탉이 내게 귀띔해준 것도 아니지만 괜스레 속상하다. 알고 보면 속이 꽉 찬 친구가 이성에게 거절당했다는 이야기를 들은 것처럼 말이다. 잘 알지도 못하면서, 쳇! 까망이가 이성에게 매력적이면 좋겠다는 마음과, 매력적이면 더 괴롭힘을 당할 것 같아 걱정되는 양가감정 사이에서 나는 속절없다.

가엾은 마음에 까망이를 바라보고 있자니 이를 눈치 챈 녀석이 어김없이 달려 온다. 이리 저리 뻗친 털을 휘날리며 도도도도! 까망이와 나는 눈을 맞춘다. 녀석의 눈빛은 여전하다. 윤기를 잃고 푸석푸석해진 등짝 털로도 가려지지 않는, 맑고 진취적인 영혼이 유영하는 우주처럼 까만 눈. 지금은 이렇게 고달프지만, 언젠가는 까만 날개를 활짝 펴고 먼 하늘을 날아보겠다는 꿈을 그 속에서 읽는다.

그런가 하면 구루는 회색 몸에 어울리는 빨간 볏을 가지고 있다. 수탉이 열탕의 수증기로 사라져 왕좌가 빌 때마다 구루가 볏을 한껏 불태우며 닭들을 호령했다. 어린 세자가 자리를 잡을 때까지 뒷방에서 실권을 쥐고 흔드는 중전마마 같다. 그런 구루의 카리스마를 좀 먹는 옥의 티가 있는데, 그것 또한 볏이렸다. 하늘을 향해 수직으로 불타오르던 볏이 언젠가부터 왼쪽으로 픽하고 누워 있는 것 아닌가. 그런데 또 어떨 때는 제대로 서 있다. 패턴을 관찰해 보니 자기가 무리를 이끌 때는 빳빳이 서 있고, 수탉에게 자리를 내 줄 때는 옆으로 눕는다. 볏이 권력 점유 상황에 따라 위치를 바꾸는 게 신기했지만, 시간을 두고 보면 꼭 그런 것도 아니었다. 모르겠다. 그저 그날그날 컨디션에 따라 다른가 보다 하고 말았다. 여하튼 나는 구루의 카리스마에 쫄았다가도, 누운 볏을 보면 웃음이 픽 새어 나온다. 구루에게 엄한 훈육을 당하는 어린 닭들도 나와 같을지?

구루는 알을 깨고 세상에 나온 지 4년이 되었다. 양계 산업 기준으로는 '노계'다. 알이나 고기를 얻기 위해 길러지는 닭들은 빠르면 3주, 늦어도 1~2년 안에 도축된다. 나이가 들수록 알도 덜 낳고 육질이 질겨지기 때문이다. 닭의 수명은 5년~10년이라는 설도 있고, 길게는 30년을 더 산다고도 한다. 5년에서 30년이라니, 간극이 너무 길다. 닭의 평균수명을 똑부러지게 구하기 어려운 이유는, 천수를 누리고 자연사하도록 인간이 내버려두지 않아서가 아닐까. 30살 된 할아버지 닭, 할머니 닭은 이론상으론 존재하지만 과연 그것을 본 사람이 있을까 싶다.

어쨌든 세상에는 해가 뜨고 지는 풍경을 구루만큼 많이 본 닭도 드물다는 이야기다. 인간에게 휘둘려 살아가지만, 닭 나름대로 자신에게 맞는 역할과 자리를 꾸준히 선택하며 산다. 구루와 동갑인 구구는 세 번이나 알을 품었지만, 구루는 한 번도 엄마가 되지 않았다. 대신 수탉의 자리가 비었을 때 꼬장꼬장한 대장으로서 닭 무리를 이끌다가, 어린 수탉이 리더로서 충분히 자라나면 조용히 자리를 내주었다. 엄마가 되는 암탉도, 리더가 되는 암탉도 모두 좋다. 본능적으로 자기 소명을 찾은 존재들이 기특하다.

또 혼자 그윽해져 구루에게 눈을 돌렸다. 나의 나이든 암탉, 구루는 지구를 부술 기세로 땅을 쪼고 있다. 오늘 구루의 볏은 부드럽게 휘어 있다. 자리 욕심을 부리지도, 알아주지 않는다고 생떼를 쓰지도 않는 구루의 유연함이 그런 모습으로 흘러넘치는 것 같아 그마저 예쁘다.

장래희망은, 귀여운 할머니 닭

"어젯밤에 닭장 문을 안 닫았네. 닭장 지붕 위에서 잤으려나?"

아침부터 걱정하던 필은 닭을 살피러 나갔다. 침입자는 물론, 닭이 집 밖에 나갔다가 채 돌아오기 전에 어두워지면 큰일이다. 깜깜한 곳에서는 눈이 보이지 않으니 집 밖에서 홀로 밤을 보낸다면 무사할 수 없다. 얼마 후 나는 닭장 쪽으로 난 창문을 쾅쾅 두드리는 소리에 깜짝 놀랐다. 필이 눈을 동그랗게 뜨고 창문을 열라는 몸짓을 했다. 창문을 채 열기도 전에 필의 급박한 목소리가 들렸다.

"구루가 없어졌어!"

구루가 없어졌다고? 다른 애도 아니고 구루가? 이대로만 산다면 할머니 닭의 표본이 되리라, 종족의 평균수명 연구에 기여하리라 싶었던 우리 구루가 사라지다니. 필은 구루의 흔적을 샅샅이 수색했다. 그러나 구루는 깃털 하나 남기지 않고 깔끔하게 사라졌다.

우리는 모든 닭을 사랑했지만 구루, 구레, 구구 세 자매는 각별했고, 그중에서도 대장 자리를 오르내리던 구루는 우리의 눈길을 가장 많이 사로잡았다. 구루가 없어지니 꼭 맞물려 잘 돌아가던 톱니 하나가 빠진 듯 허전했다. 구루의 노른자 시절부터 나이 들어 빨간 볏이 누울 때까지 매일을 함께 살았다. 구루가 이렇게 쉽게 세상에서 사라졌다는 게 믿기지 않았다.

얼떨떨하면서도 황망했다. 사진 파일을 넣어두면 랜덤으로 사진을 보여주는 디지털액자가 식탁 곁에 있다. 아이는 밥을 먹다가 액자에서 닭 사진이 나오면 한숨을 쉬었다. 고양이 집사들의 사진첩에 고양이 사진이 그득

하듯 우리 집 전자 액자에는 닭 사진이 많았으니, 아이의 한숨도 거듭됐다. "엄마, 눈물날 것 같아." 아이 말에 나는 애써 눈을 돌렸다. 눈물이 후두둑 떨어져 내릴 것 같았지만 꾹 붙들었다. 내가 풀어버리면 아이의 슬픔도 터져버릴 테니까. 그날 밤에 소주를, 난생처음 세 잔이나 들이켰다. 하루에 300만 마리의 닭이 목숨을 잃는 세상에서, 닭 한 마리의 부재는 왜 이토록 큰 슬픔인가.

구루의 실종 후, 닭장 문은 꽁꽁 닫혔다. 밤은 물론이거니와 낮에도 걸어 잠갔다. 낮에 변고가 있어났을지도 모르니까 말이다. 필은 닭장 그물망이 땅에 단단히 박혀 있는지 꼼꼼히 살피고, 밤에는 거실 창문에 서서 닭장 쪽으로 빛을 비추어 닭들이 잘 있는지 몇 번이나 확인했다. 아침에 닭장으로 달려가면 닭들은 평소처럼 횃대에서 내려와 닭장 바닥을 노닐고 있었다. 그 사이에 아무 일도 없었다는 듯 구루가 끼어 있으면 좋으련만….

몇 날이 지났다. 나는 그만 마음을 정리해야 살겠다 싶어 인스타그램에 구루의 사진과 함께 글을 남겼다.

'구루가 사라졌다. 하루에도 수많은 닭이 사라지지만, 우리 구루가 사라진 일은 참 많이 슬프다. 2020년 봄에 우리 손에서 태어나 어제 아침까지도 밥을 주며 쓰다듬었는데 어디로 갔니. 다른 닭들에게 물어도 다들 모른 척 시치미를 뚝 떼고 있다. 구루야, 그래도 사는 동안 너만큼 행복했던 닭이 또 없었던 건 꼭 알아줘. 사랑하는 구루, 안녕.'

양계력이 유구한 〈어떤바람〉 책방지기 용사장이 "청계(구루의 품종)가 날쌔고 잘 날아서 생존력이 강하니 더 기다려 봐요"라고 댓글을 달아 주었지만 희망이 되지 않았다. 닭 이야기로 출간 준비 중인 것을 아는 글쓰기 모임 친구는 "구루야, 이렇게 하지 않아도 쓸 이야기가 많단다. 얼른 돌아오길!"이라고 적어 주었지만 여유가 생기지 않았다. 아무리 작별 인사를 글로 새겨 마음을 끊으려 해도 구루의 빈자리는 움푹 패어 있었다.

사흘째 되던 저녁, 밥을 주려고 마당을 가로질러 닭장으로 향하는데 "저기…." 하며 누군가 작은 소리로 말을 걸었다. 우리 집은 150cm 정도 높이의 돌담으로 둘러싸여 있는데, 돌담 너머를 두리번거려도 아무도 없었다. 잘못 들었나 싶은 바로 그때, 어두컴컴한 서쪽 돌담 위로 모르는 아저씨 얼굴이 불쑥 솟았다. 깜짝 놀라 "네?" 하고 되묻자 아저씨가 조용한 목소리로 물었다.

"이 집, 닭 키우지 않아요?"

이 멘트는 좋은 신호다. "닭 키우시죠? 행복하시겠어요." 따위 문장은 없다. "닭 키우시죠? 댁네 닭이 남의 영역에서 문제를 일으키고 있어요"로 이어지는 멘트임에 틀림없다. 다른 닭들은 닭장에 구금되어 있으니 이것은 구루가 분명했다! 사고를 치고 있어도 좋으니 살아만 있어줘! 나는 아저씨 쪽으로 성큼성큼 다가갔다.

"네! 맞아요!"

아저씨는 이런 이야기를 하는 게 껄끄럽다는 듯 말을 이었다.

"며칠 전부터 닭 한 마리가~ 이쪽 밭에 돌아다니는

데, 배추도 다 뜯어 먹고…"

구루!!! 남의 집 배추를 뜯어 먹으며 잘(?) 지내고 있었구나. 단숨에 어둠이 걷히고 세상이 환해진 그때, 아저씨가 딴 데를 보더니 톤을 높여 말했다.

"아, 저기 있네요." 아저씨가 가리키는 방향으로 눈을 돌리자 흐물흐물 누운 빨간 볏이 보였다. 안도감과 배신감이 차올랐지만 일단 구루를 데리고 와야 한다는 생각에 머리가 빠르게 돌았다. 절묘하게도 내 손에는 닭들의 저녁 식사 통이 있었고, 마침 구루가 좋아하는 어묵 조각도 들어 있었다. 나는 반사적으로 돌담을 기어올랐다. 어렸을 땐 운동 신경도 좋은 편이었고, 지금은 아침마다 5km씩 조깅을 하지만, 하필이면 최근 무릎이 나빠져 걷는 것도 조심하던 때였다. 바람이 지나는 길이 꼭 필요한 제주 돌담은 울퉁불퉁하고 서로 꼭 들어맞지도 않는다. 발을 디디기만 해도 덜컹대는 돌담을, 한 손에 음식물 통을 들고 절뚝거리며 올라가는 꼴이라니! 그러나 구루가 눈앞에 있는데 체면 따위 차릴 때가 아니다.

허둥대며 돌담을 기어오르는 중에도 음식물 통을 흔들어 철컹철컹 소리를 냈다. 이 소리는 군대의 기상 나팔 소리만큼, 파블로프의 종소리만큼 확실한 반응을 끌어낼 수 있다. 우리 집 닭들은 이 음식물 통 뚜껑을 여닫는 소리만 들어도 도도도도 몰려오기 때문이다. 특히 구루는 병아리 시절부터 듣던 소리니 틀림없었다!

주변을 두리번거리던 구루의 고개가 익숙한 소리 쪽으로 향했다. 옳지! 그 사이 나는 돌담을 겨우 올랐고, 이제 오르기보다 더 어려운 내려가기 차례다. 고양이도 아니고 150cm나 되는 돌담에서 폴짝 뛰어내리기란 불가능. 그 와중에 온 마음과 시선은 구루에게 꽂혀 있었다. 나는 지금도 그 담을 어떻게 내려왔는지 기억이 나지 않는다.

그냥 달려들면 구루가 도망갈지도 모르니 살짝 떨어진 곳에 쪼그리고 앉아 음식물 통을 흔들어 냄새를 퍼트렸다. 닭 콧구멍이 아무리 작아도 냄새를 기가 막히게 맡는데, 구루는 다가오지 않았다. 배추를 얼마나 먹었길래 어묵을 본체만체하는 거야! 이 녀석 진짜!

그렇다면 식성 대신 감성을 자극해보자. 나는 세상 스윗한 목소리로 그의 이름을 불렀다. "구루야~~~~~" 5년을 동고동락한 나의 닭, 이리와 품에 안기렴! 집에 가자!

그런데 웬걸, 녀석은 아예 몸을 확 돌려 반대편으로 뛰었다. 이럴 수가! 이건… 섭섭하다. 필이었다면 더 멀어지기 전에 어서 잡아야 한다는 이성적인 판단을 하고 몸을 날렸겠지만, 나는 내 닭이, 내 앞에서, 등을 보였다는 사실이 분하고 서운한 게 먼저였다. 그 사이 구루는 남의 집 담장으로 날아들었고 이 사달을 내내 지켜보던 아저씨는 안절부절, 닭에게 삐쳐버린 나는 부들부들할 뿐이었다.

바로 그때, 우리 집 마당 쪽에서 강렬한 빛이 쏟아졌다. 휙 돌아보니 검은 존재가 등 뒤로 빛을 발산하며 성큼성큼 걸어오고 있었다. 필!!! 단숨에 돌담을 뛰어넘은 그는 구루와 마주 섰다. 남청색으로 물든 저녁 하늘을 배경으로 흐물렁한 빨간 볏을 흔들며 회색의 구루가 자유를 향해 도약했다. 푸드드드득! 필도 두 팔을 하늘로

쭉 뻗었다. 구루의 두 날개는 도약했지만, 앙상한 두 닭발은 필의 손아귀에 붙들렸다. 나이스 캐치! 10년을 함께 산 남편에게 심장이 뛰다니… 나, 부정맥인가?

마당에 서서 엄마의 몸개그를 보며 발을 동동거리던 아이는 영화 속 히어로처럼 절체절명의 순간 나타난 아빠에게 어서 가보라며 소리를 질렀다고 한다(후광은 자동차 헤드라이트였다). 아빠를 따라 담을 넘어온 아이는 구루를 넘겨받아 소중하게 안았다. 구루를 데리고 집으로 돌아오는 골목길, 우리 얼굴엔 환한 미소가 흘렀다. 나는 "사람이 부르는데 돌아설 만큼 배추가 좋았냐"며 괜한 악다구니를 했지만 아이는 말했다. "엄마, 나는 구루가 살아 있어서 너무 좋기만 한데."

맞다. 살아 있어 줘서 고마워, 구루야. 욕심부려서 미안해. 배추를 나눠 줄게. 우리랑 오래오래 같이 살자. 닭도 자연스럽게 늙을 수 있다는 걸 모두에게 보여주자.

구루가 또 담을 넘을 수 있으니 당분간 모든 닭들은 감금 상태를 유지하기로 하고, 대신 닭장 뒤쪽에 닭들이 노닐 수 있는 공간을 만들기로 했다. 담을 넘지 못하도록 그물망도 치자고 머리를 모았다. 원래 사람이 안으면 벗어나려고 발버둥 치는 구루도 아이의 품에 안겨 오는 동안 웬일로 얌전했다. 마치 자신의 가출로 얻어 낸 인간들의 협상안이 흡족하다는 듯. 구루는 친구들이 기다리는 닭장으로 돌아갔고, 우리도 집으로 들어갔다.

밤이 찾아왔지만 불안하지 않았다. 모두가 집에 있다.

닭의 우주에 어서 웰컴

"장갑 좀 가져와, 빨리!"

필이 나를 부른다. 목소리가 다급하다. 웬만한 일은 혼자 해결하는 필이 나를 부를 때는 진짜로 급할 때다. "무슨 일이야?"라든지 "장갑은 왜?" 같은 질문에 답할 여유가 있었다면 이미 일을 해결했을 테다. 무작정 달려가니 필은 닭장 안에서 바닥에 있는 무언가를 맨손으로 잡아 끌어당기고 있었다. 병아리들은 한쪽 구석에 모여서 "삑, 삑!" 날카롭게 울부짖고 어른 닭들은 "내 알 바 아님요. Not my business"라는 듯 여유롭게 바닥을 헤쳐 먹을 것이나 찾고 있었다.

정작 필은 장갑을 낄 여유가 없었다. 운동회 학부모 줄다리기 경기에서 아이를 실망시키고 싶지 않아 기를 쓰고 줄을 당기는 아빠처럼, 몸을 뒤로 젖히고 양손에 바짝 힘을 주고 있었다. 그는 두 손아귀 안에 굵직하고 번들거리는 밧줄을 움켜쥐고 있었다. 그것은 과연 밧줄이었다. 집채만 한 배를 항구에 묶어둘 법한 그런 밧줄이 팽팽하게 바닥을 향해 사선으로 꽂혀 있었다.

흙바닥과 시멘트 바닥이 만나는 지점, 흙바닥 위로 검지 손가락 한 개 길이만큼 시멘트가 갈라져 들떠 있었다. 그 밧줄은, 그러니까 뱀은 닭장이 있는 흙바닥과 시멘트 바닥 사이 아늑한 공간에서 몸을 지지고 살다가, 배가 출출해지면 '어떤 놈을 한입에 삼켜볼까~' 하며 스르륵 흘러나와, 상 위에 차려진 병아리를 한 마리씩 꿀꺽해 왔던 것이다.

처음 이 닭장에는 열 한 마리의 병아리가 있었다. 병아리를 입주시킨 다음 날, 열 마리로 줄었다. 설마 잘못 셌겠지 하고 다시 세어보지 않았다. 둘째 날, 여덟 마리다. 닭장 벽 틈새로 탈출했나? 닭장을 워낙 튼튼하게 지어 고양이나 족제비가 침입하는 것은 불가능했다. 그러던 터에 필이 닭장에 들어가 상황을 살피고 있었다. 늦가을이지만 아직 포근해 맨발에 슬리퍼를 신은 채였는데, 왼발을 뒤로 한 걸음 옮긴 순간, 스으으으윽, 서늘하고 축축하고 미끈한 무언가가 발날을 스쳤다. 순간 정신은 혼미했지만, 순발력은 살아 있었다. 시멘트 바닥 틈으로 빠르게 사라지던 놈의 꼬리를 맨손으로 움켜쥐고 말았던 것. 이미 몸체는 바닥 밑으로 들어갔고 끝부분만 잡고 있으니 독사인지 아닌지, 얼마나 큰지 가늠할 길이 없다. 겁은 나지만 이 꼬리를 놓치면 병아리가 계속 사라질 테니 놓을 수가 없다. 필은 뱀과 사투를 벌이며 나를 급박하게 불렀던 것이다.

제주에는 워낙 뱀이 많다. 이 시골 마을에서는 봄이면 로드킬 당한 뱀의 사체를 심심치 않게 만난다. 그런 뱀은 보통 손가락 세 개 정도의 굵기에 30cm 남짓한 길이로 독이 있는 종은 아니다. 그렇게 힘없이 도로 위에 눌려 있는 모습만 보니, 어느덧 뱀을 가엽고 연약한 존재, 새끼 고라니쯤으로 여기게 되었다. 하지만 이 녀석은 다르다. 가녀리지 않다! 손발이 있는 것도 아니요, 길쭉

한 몸 하나뿐인데 힘이 얼마나 센지 성인 남자와 백중세를 펼치고 있다. 뱀이 생각을 바꿔 갑자기 머리를 돌려 필을 물면 큰일이다. 그래도 다른 방법이 없다. 일단 잡은 꼬리를 계속 잡아당길 수밖에. 마치 노인과 청새치의 사투마냥 서로 맞서서 버티기를 몇 분, 필은 뻣뻣하던 강철 밧줄이 살짝 느슨해짐을 느꼈다. 뱀이 지쳤다. 그제야 한 손씩 번갈아 장갑을 꼈다. 손에 쥔 꼬리부터 살살 잡아 당기니 슬슬 끌려 나온다. 황갈색의 굵직한 몸통이 한없이 끌려 나왔다. 1미터는 훌쩍 넘고 남자 어른 팔뚝만큼 두툼한 뱀이었다. 머리가 보이자마자 얼른 발로 밟아 혹시 모를 공격을 막았다. 기진맥진한 뱀은 공격할 의사가 없어 보였다.

"누룩뱀이네."

녀석의 머리는 동그랬다. 독사 머리는 대부분 뾰족하다. 잔뜩 힘이 들어갔던 필의 어깨가 그제서야 조금 풀렸다. 누룩뱀은 제주뿐 아니라 전국에서 흔히 볼 수 있는 독 없는 뱀이다. 검질(김매기를 뜻하는 제주말)할 때 만나곤 했는데, 이렇게 큰 건 처음 본다. 닭장이 들어서기 전부터 그곳에 살고 있었는지 나중에 파고들었는지 알 수는 없지만, 사실 어느 쪽이라도 뱀에게는 잘못이 없다.

사실 필은 "뱀에게 마음이 간다"며 고백한 적이 있다. 어느 날은 텃밭에서 작은 누룩뱀을 발견해 고이고이 데려와서는 아직 어렸던 아이에게 "한 번 쓰다듬어 봐. 부드럽지?"라고 권하는 것이다. 아이는 뱀을 사랑스레 쓰다듬었다. 이 모습에 질색하는 나만 인정머리 없는 사람이 되었다. 한번은 잡은 뱀을 기어이 키우겠다며 공기가 통하는 자루에 넣어 두었다. 끈으로 입구를 꽁꽁 묶어 창고에 두고, 뱀이 살 만한 공간을 꾸밀 궁리를 했다. 그런데 그날 밤, 뱀은 끈을 풀고 귀신같이 사라졌다. 나는 섭섭해 하는 필이 눈치채지 못하게 안도의 한숨을 쉬었다. 참고로 야생 뱀을 키우는 건 엄연히 불법이다.

뱀마저 품으려 했던 필도 이번엔 약이 바짝 올랐다. 이 녀석을 도저히 곱게 보내줄 수가 없다며 뚜껑이 달린 상자를 들고 와서 뱀을 가두었다. 해코지하는 법이 없는 필은 뱀을 '곱게' 보내지 않기 위해 어떤 수를 쓸까 지켜보았더니, 아니 글쎄, 뱀 상자를 볕이 안 드는 서늘한 구석에 두고 비늘에 물기가 마르지는 않는지 세심히 케어하며 두 밤을 달라붙어 지내는 것 아닌가? 고와도 너무 곱잖아! 이쯤되면 과연 뱀을 가둔 건지, 손님 모신 건지, 입양을 전제로 임보하는 건지 의도가 의심스럽다.

뱀을 향한 필의 눈빛에 복수심은커녕 애처로움과 호기심이 들어찼다. 필이 뱀에게 더 빠져들기 전에 상자를 차에 싣고 마을 근처 산으로 향했다. 수풀이 우거져 서늘한 산속, 큼지막한 돌과 바위가 많아 뱀이 살기 좋아 보이는 곳에 상자를 내려놓았다. 필은 상자 뚜껑을 여는 동시에 후다닥 뒤로 물러났다. 뱀은 스위트룸, 아니 자신을 가뒀던 상자가 아늑했는지, 아니면 만사 내려놓고 있었는지 나오기를 주저하는 듯했다. 그러다 천천히 상자 밖으로 머리를 내밀었고, 매끈한 몸뚱아리는 이내 바위틈으로 유유히 흘러들어 갔다. '이곳이 닭장 바닥의 삶만큼 편하진 않겠지만, 네가 삼킨 병아리들의 몫까지 오래오래 살거라.' 마음 속으로 빌었다.

닭을 기르고, 뱀을 잡아 산에 풀어 주고 돌아오는 삶

이라니. 제주도에 살 계획을 짤 때는 예상하지 못했던 일들이 끊이지 않고 펼쳐진다. 차창 너머 풍경을 바라보며 나는 닭의 우주를 그렸다. 우리 가족이 유영하는 닭의 우주, 또는 우리 가족이 만든 우주에 빨려 들어온 닭. 그 우주에서는 매해 봄이면 암탉이 알을 품고 필이 부화기를 만든다. 병아리는 너무나 어렵게 태어나기도, 너무나 쉽게 죽기도 한다. 모든 병아리가 닭이 되는 것은 아니다. 모든 닭이 늙어 죽지도 않는다.

지난 여름의 끝자락, 해변 산책에 구레를 데려간 적이 있다. 반려견들은 해변을 뛰노는데 반려닭이라고 안 될 거 없지! 서귀포 사계해변, 한쪽 발목에 끈을 맨 채 모래 사장에 발을 디딘 구레. 여기저기를 기웃거리다 밀려드는 파도 앞에 멈추어 서더니, 짙푸른 바다와 회색 하늘이 맞닿아 만든 수평선을 물끄러미 바라보았다. 빨간 볏은 거센 바닷바람에도 바다를 가르듯 곧게 섰고, 뺨의 솜털은 포슬포슬 흩날렸다. 제주에서 평생 산 닭이지만 제주 해변 모래를 밟는 건 처음이었다. 어쩌면 2024년 봄 현재까지도, 혹은 먼 미래까지도 구레는 반려인간과 함께 제주 해변을 산책한 유일한 닭일지도 모른다. 바다는커녕 햇빛 한 줄기 받지 못하고 삶을 마쳤을 구레의 동지들, 마당 너머의 세계를 한 조각도 맛보지 못하고 여의어 간 닭혼들이 구레의 품에 종종종종 모여드는 듯했다.

'지구상에서 개체수가 가장 많은 동물이자, 가장 많이 도축된 공룡'이라는 별명을 가진 존재와 우리는 해변을 걷는다. 어린아이의 반도 안 되는 저 작은 닭의 뿌리가 공룡이라니. 옛날 옛날, 육해공을 장악했던 거대한 존재가 점점 작아져 급기야 인간의 발치에서 공동생활을 하게 되다니. 아무리 몸이 작아졌어도, 닭의 유전자는 장대하고 자유로웠던 기억을 고스란히 품고 있을지 모른다. 수평선을 향한 구레의 초점 없는 눈동자는 아무 생각 없는 듯 보이지만, 실은 인간이 가늠하기 힘든 크고 깊은 이치를 헤아리고 있는 건 아닐까?

닭의 우주를 데려오고, 서로 충돌하지 않도록 바지런히 중력을 조절하는 필에게 감사하며, 나홀로 우주 여행을 마친다. 귀환 지점은 덜컹거리는 조수석. 여행의 여운으로 아련한 미소를 띠며 왼편을 바라보니, 필이 골똘히 생각에 잠긴 채 운전을 하고 있다. 필이라는 우주 안에서는 또 어떤 일들이 벌어지고 있을까. 이 남자의 우주에서 24년째 유영 중인 나는, 저 속이 얼추 들여다보인다. 숨을 한번 깊게 들이마시고 차분히 내뱉으며 필에게 말했다.

"뱀은 안 돼. 꿈도 꾸지마."

끝.

가계도 家鷄圖

집과 닭의 기억

제주시 주택	시골집 ❶	시골집 ❷

지렁이
P.12

- 첫 수탉 (수탉 듀오) P.22
- 닭 가족 굴밭 대탈주 P.44
- 양봉시작 P.13

우리 집 공사기간 동안
잠시 살던 집
유독 사건사고가 많았다.
병아리 24마리
데려간 태풍도 … P.99

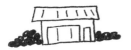

시골집 ❸ = 드디어 우리 집

지금 우리집

월담의 변
집을 둘러싸고 있는 돌담 때문에 뒷집에 가려면 동네를 한 바퀴 돌아야 한다. 월담 한 닭을 잡으러 갈 때는 급한 마음에 담을 훌쩍훌쩍 넘을 수밖에 없었다.

양계 가족의 핸드폰 안에는

초란

한 어미에게서 태어난 노랑, 검정 병아리
「폭풍 속으로」(p.90)의 주인공

브라마 닭의 남다른 용모
병아리—청소년닭—성계

"네가 수탉이라니이~~~"의 주인공 오리진(아래)과 대장 수탉(위). 꼬리
털을 비교해 보면 확실히 다르지 않은가!

전문가에 따르면 호르몬 분비에 의해 성전환 가능성이 있다고 한다.
(『세상의 이런 일이』-「우리 집 암탉이 수탉으로 변했어요!」편, 2019
년 4월 30일 방영, SBS). 오리진이 그 케이스인지는 알 수 없다. 이제 와
서 유전자 검사를 할 수도 없으니.

구루의 벗, 오늘은 누움.

닭들이 흙 목욕을 하느라 군데군데 움푹 파인 마당

까망이와 하늬

닭몰이를 하고 있는 닭치기 소년 하늘
까망이의 아름다운 코트가 햇빛에 반짝인다.

가내 수공 부화기 made by 필

필은 천혜향 농사를 시작했다. 성심을 다하여, 늘 그렇듯.

○

나가는 글

기획 변명

하정

나는 왜 닭 책을 만들었나

늙고 가난한 농부가 있다. 그저 착해서 마을 사람들에게 이용만 당하는 그에게 결혼할 사람이 생겼다. 상대는 장애가 있어 소변을 제대로 가리지 못한다. 신부의 가족은 우리 돈 4만 원쯤 되는 결혼 지참금을 받고 그녀를 치워 버렸다. 첫날 밤, 신부는 실수를 할까봐 하반신을 침대 밖으로 내놓고 구부정하게 잠을 잔다. 농부는 그녀를 있는 그대로 받아들이며 보살피고, 신부도 조금씩 마음을 연다.

남들이 보기엔 비참한 존재들의 조합일지언정, 둘의 인생에는 없던 감정―'설렘'과 '의지'가 감돌기 시작한다.

일단, 집을 짓기로 하는데 재료도 장비도 없다. 둘은 지천에 널린 흙으로 벽돌을 빚는다. 물론 맨손으로. 비가 내리면 허탕이 되기 일쑤였는데, 두 몸은 느리고 불편했지만 끈질겼다. 마침내 집이 서고 어느 날 밤, 창 밖으로 노란 빛이 새어 나온다. 단칸방 흙바닥에서 작은 상자를 들여다보며 소근거리는 부부. 상자에서 터져 나오는 빛이 집을 가득 채우고 있다. 신이 가여운 이들에게 황금이라도 선물한 걸까?

영화 『먼지로 돌아가다』(2022)의 한 장면이다. 흙먼지가 벽돌이 되고 집이 되는 과정이 '과연 이게 될까?' 싶도록 힘겹게 흘러가다, 이 장면에서 보는 이는 겨우 마음을 내려놓게 된다. 3년 전이라면 훈훈하게 보고 넘겼을 터인데, 이 장면을 여러 번 떠올리며 곱씹었다. 상자 안에서 빛을 발하는 물체가 작고 동그란 덩어리, 바로 병아리였기 때문이다. 꿈도 희망도 없던 사람이 이제 그것을 가져보려 할 때, 감독은 그 자리에 병아리를 두었다.

나는 진짜 정말로 결코 병아리든 닭이든 관심이 없었

다. 3년 전, 어떤 글을 만난 후 달라졌을 뿐이다. 그해 여름, 제주도의 한 단체에서 에세이 단행본 기획하기 수업을 요청했다. 온라인 수업이었다. 첫 수업 날, 제주도민 여섯 명의 얼굴이 모니터에 조로록 떴다. 어떤 주제로 책을 만들지 물었는데, 한 참가자가 말했다.

"남편이 뭘 자꾸 만들고 키워요. 지금은 닭을 키우는 데 그 얘길 쓸까 봐요."

그는 가볍게 한숨을 내쉬었고, 나는 배시시 웃었다. 눈에 훤히 보였다. 일을 벌이고 사고를 치는 남편, 수습하느라 고생하는 아내의 한풀이렸다! 그런데 일주일 후, 과제를 검토하다 내 예상이 틀렸다는 것을 알았다. 그의 글은 한풀이가 아니라 남편 관찰기였다. 그것도 애정이 깃든! 이후 나는 으레 닭의 안부를 물으며 수업을 시작했고, 마지막 수업에서는 이런 말을 내놓았다.

"닭 책을 좋은여름에서 만듭시다."

다른 참가자들은 환호를 보냈고, 당사자—효영은 얼

떨떨한 표정을 지었다. 내가 읽은 것이라곤 첫 과제로 제출했던 한 꼭지뿐이었으니 그럴 법하다. 모든 초고가 그렇듯 완성형 글은 아니었지만, 나는 다음 세 가지 표현에 매료되었다. 1. 초승달 같다고 묘사한 암탉의 몸통 2. 사춘기 중학생 같다는 중닭의 행동 3. 유령이 되어 나타난 죽은 병아리들, 그리고 병아리 유령이 무섭지 않을 것 같다는 글쓴이의 마음.

이렇게 저작 경험이 없는 저자와, 다른 작가의 글을 출판한 적 없는 출판사의 '과연 뭐가 되려나?' 싶은 합작이 시작되었다. 우리 프로젝트에는 출간 기획서도 마감도 없었다. 경쟁 도서도 마케팅 방안도 없었다. 효영은 오랜 기억을 들추거나 요즘 일어난 에피소드를 포착해 공유 문서에 짬찜이 기록했고, 나도 일상을 보내다가 문득 생각나면 문서에 접속해 글을 읽었다.

3년에 걸쳐 아주 천천히 길어지는 문서를 읽다가 나는 알아차렸다. 글은 「한풀이-나 이렇게 고생해요」에서 「남편 관찰기-이 사람 흥미롭다」로, 그러더니 「닭밍아웃-나 이렇게 닭을 사랑해요」로 슬금슬금 본색을 드러

내고 있었다. 닭에게 가장 푹 빠진 사람은 저자 자신이
었다.

나는 곧 제주도로 날아갔다. 현장감 넘치는 기획을
위해 현장 시찰, 아니 닭장 시찰은 필수였다. 인터넷으로
아무 닭, 아무 닭장 사진을 참고하는 것은 의미 없었다.
효영과 필의 세계에서 나이 들고 있는 The 닭들, 저자의
묘사와 내 상상이 과연 어떻게 같고 다른지 봐야 했다.
온라인 회의와 전화로 소통하다가 처음 마주한 저자와
필의 얼굴, 그리고 닭! 나는 사람들과 짧게 반가움을 나
누고는 핸드폰을 건네며 말했다.

"사진 찍어주세요."

내 품 안에는 닭 한 마리가 폭 안겨 있었다. 발치에서
서성이던 닭을, 우리 집 고양이에게 하던 버릇으로 번쩍
들어 안아 버린 것.

"아아, 선생님! 수탉을 그렇게 함부로 들면 큰일나
요."

수탉 에피소드가 나오기 전이었으니 나는 수탉의 포악함을 몰랐던 것. 안은 나도, 안긴 수탉도 멀뚱멀뚱할 뿐, 촬영은 친구 사이의 인생네컷처럼 수월했다. 당시 수탉 입장을 추측해 보면, 처자식 앞에서 인간에게 아기처럼 안기다니 모양 빠지는 건 맞지만, 낯선 자가 경계심이라곤 하나도 없이 자기 물건 들어 올리듯 덥석 해버리니 혼쭐 낼 타이밍을 놓친 것 아닐까?

제주 블루스에 머물며 '3박 4일 끝장 쓰기 캠프'를 진행했다. 일과 후 효영은 제주 블루스로 넘어와 글을 쓰고, 나는 타닥타닥 타오르는 벽난로 앞에서 효영이 넘기는 글들을 검토하다가 이내 닭처럼 졸았다. 아침 식사로는 당연히 집 달걀 후라이를 대접받았다. 나는 아일랜드와 덴마크에서 자급자족 공동체 생활을 했는데, 그때도 우리 농장 닭들이 낳은 달걀을 먹었다. 그때의 달걀은 그저 달걀이었다. 그것을 낳은 닭이나, 그것이 생명으로 태어난다는 사실과는 연결 짓지 못했다. 하지만 필이 영혼을 담아 지은 닭장에서, 효영이 수탉에게 쪼여 가며 돌본 닭이 오늘 아침 낳은 달걀은, 그저 달걀이 아니었다. 누가 보아도 똑같이 생긴 병아리들이 하나하나 구별

된다는 이 양계 가족의 말은 과장이 아니었다.

글을 쌓는 도중 효영은 여러 차례 되물었다. "이런 이야기가 책이 될 수 있는 거예요? 정말요?" 닭을 테마로 책을 준비 중이라고 주변에 흘렸을 때, 대부분 "윽! 닭 무서운데…"라며 손사래를 쳤다. 앞으로 독특한 기획들로 책을 만들겠다고 하니, 이 책의 펴낸이는 "닭 책도 내는데 뭔들"이라며 체념한 표정을 지었다(닭이 마지노선인가!). 모든 손사래와 의구심에게 나는 답했다.

"네. 닭의 모든 생애가 아름다우니까요."

호기로운 말이었지만 사실 막막한 말이기도 했다. 효영이 내 말에 기대어 원고를 쌓아가는 동안 사실 나의 우주는 뒤틀리고 있었다. 선물 삼아 만든 책 『장래희망은, 귀여운 할머니』(2019)와 『나의 두려움을 여기 두고 간다』(2020)가 고마운 사랑을 받아 얼떨결에 출판사를 등록했지만, 과연 지속할 수 있을지 확신이 없었다. 출판을 한다며 손을 놓았던 그림에 대한 미련도 올라왔다. 40대 중반이 되어 새로운 일에 도전했다가 이도 저도 아닌 채로 끝나지는 않을까 두려웠다. 출판은 닭 책을 마지막으로 하고, 붓을 다시 잡아야 할지 매일 고민했다. 그 와중에 건강 문제, 거주지 문제, 사무실 문제가 한꺼번에 터졌다.

사태가 최고조에 달했을 때 초고가 나왔다. 처음엔 기획자, 제작자의 입장으로 검토하다가 결국엔 독자가 되어 그저 읽어 내렸다. 특히 암탉에게 푹 빠져들었다(저자의 의도가 제대로 먹혔다). '일 가정 일 암탉' 법 제정에 찬성한다. 가장 와닿은 점은 암탉이 무정란, 유정란을 구분하지 않고 품는다는 사실이었다. 결과를 보장받으려 들지 않고 그저 품는다. 유정란이라고 다 병아리가 되지 않고, 태어났다고 다 살아남지도 않는다. 닭의 우주에서 죽음은 너무 쉽다. 대신 암탉은 죽음보다 더 많은 알을 매일매일 낳는 것으로 죽음에 지지 않는다.

나를 돌아보았다. 눈앞에 놓인 선택지들을 품어 볼 생각은 하지 않고, 어느 것이 유정란이고 무정란일지 미리 알고 싶어 안달했다. 그러면서 시간에 지고 불안에 지고 있었다. 효영이 내 사정을 알고 귀감이 되라며 글을 썼을 리 만무하다. 신이 친구가 필요한 사람에게 개를 보내고, 희망이 필요한 사람에게 닭을 보낸다면, 이 타이밍의 나에게 닭 원고를 보낸 이유는 무엇일까? 순수하게 지금의 소임을 계속하는 것이 희망, 그 자체라는 가르침이었을까?

가난한 연인에게, 전쟁 폐허 속 민초들에게, 문학판에 진저리가 난 시인에게, 방황하는 초보 출판인에게 닭이 있었다. 닭은 무엇도 보장할 수 없는 곳에서의 시작, '그럼에도' 살고자 하는 의지의 상징이었다. 맨손으로 흙벽돌을 만들던 농부와, 무정란을 소중히 품던 암탉을 상기하며 나는 효영에게 말했다. "우리 책 삽화는 제가 그릴게요." 비가 내려 벽돌이 진흙 덩어리가 될지, 사려 깊은 닭치기가 유정란을 구해다 몰래 넣어 줄지는 가봐야 알 일이다.

우리가 푸바오도 고양이도 아닌 '닭'을 데려온 사연은 여기까지다. 아무쪼록 효영의 첫 글, 좋은여름의 첫 기획작을 즐기시길 바란다. 유정란인지 무정란인지는 중요하지 않은 우리의 우주에서.

수탉과 나의 인생한컷

닭큐멘터리

봄날의 닭을 좋아하세요?

초판 1쇄 2024년 5월 15일

지은이 효영
기획 하정 @goodsummer77
편집 정진이 @life_of_tamgu

펴낸곳 좋은여름　**펴낸이** 최현우
출판등록 2020년 7월 7일 (제2020-000183호)
주소 서울시 마포구 양화로 186 LC타워 5층 514호
홈페이지 goodsummer.co.kr　**인스타그램** @studio.goodsummer
마케팅 오힘찬 sales@goldenrabbit.co.kr
재무 최순주 money@goldenrabbit.co.kr

˚ 제주어 감수_현진아
˚ 제목_〈어떤바람〉 용사장 @four_seasons_sagye
˚ 크고 작은 고민을 함께 나눈 이들_김세희, 강경선, 김상희, 이은하, 손경여, 허희향

이 책의 본문은 '을유1945' 서체를 사용했습니다.
잘못 만들어진 책은 구입처에서 바꿔 드립니다.
ISBN 979-11-91905-77-9 03810

좋은여름 스튜디오는 '이야기가 있는 쓸모, 쓸모가 있는 이야기'를 수집합니다. 멀리까지 보내고 싶은 작은 이야기가 있다면 apply@goodsummer.co.kr 로 보내주세요.

Would you like something to READ?

요즘 기분과 취향에 따라 좋은여름의 책을 즐기세요!

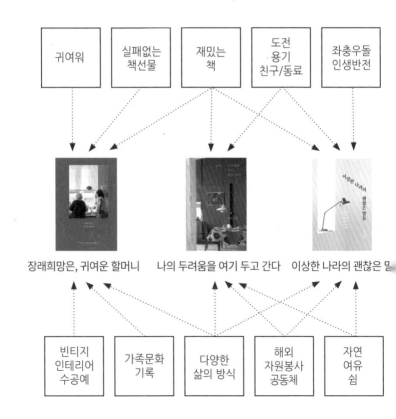

| 귀여워 | 실패없는 책선물 | 재밌는 책 | 도전 용기 친구/동료 | 좌충우돌 인생반전 |

장래희망은, 귀여운 할머니　　나의 두려움을 여기 두고 간다　　이상한 나라의 괜찮은 말

| 빈티지 인테리어 수공예 | 가족문화 기록 | 다양한 삶의 방식 | 해외 자원봉사 공동체 | 자연 여유 쉼 |